花まんま

朱川湊人
Shukawa Minato

文藝春秋

目次

花まんま

装丁　泉沢光雄
装画　吉實　恵

トカビの夜

あの夜、トカビを見た。

まるで楽しくスキップするように、ぎっしり寄り集まった屋根から屋根へ、そいつは軽やかに飛び跳ねていた。わずかに欠けた月の下、ヒュウヒュウと奇妙な、けれど楽しげな声をあげながら。

私は二階の部屋の窓から息を潜めて、その様子を眺めていた。階下で眠る父や母にも見せてやりたいと思いつつも、その光景から目が離せなかった。

やがて向かいの家の屋根の上で高く飛びあがると、トカビはくるりと宙返りをした。ランニングシャツの腹が秋風を孕んで膨らんだから、やはりそいつは、本当にそこにいるのだと思った。襲ってくる眠気を必死にこらえながら、そいつの楽しげな様子を私は眺め続けた。そして心の中で、祈ったのだ。

(これが夢ではありませんように)

もう三十余年以上も昔――まだ大阪万博の前の出来事だ。

1

私が大阪で過ごした期間は、長いようで短い。小学二年の春から四年生の夏までの、三年にも満たない時間だ。

もともとは東京の護国寺近くに住んでいたのだが、家の都合で——と言うと格好もいいが、早い話、父が事業に失敗したのである。経営していた家具販売の会社を倒産させてしまい、身を隠すように東京を離れ、大阪の親戚の元に身を寄せた……というのが本当のところだ。もっとも幼かった私には、詳しい事情は何も知らされていなかったのだが。

移り住んだのは、Ｓという下町にある〝文化住宅〟だった。

東京ではあまり耳にしないその呼び名は、どことなく高級そうな響きもあるが、砕いていえば長屋式の賃貸住宅である。二階建ての家が三戸ほど並んでいるのだが、それぞれの家は壁を共有していて、ひと続きになっている。要は建売り住宅を一つに押し固めたようなものだ……と思ってもらえばいいだろう。

後になって聞いた話によると、母はなかなか、この住まいに慣れることができなかったそうだ。安普請であちこちにガタが来ていたのは我慢できるが、隣家のくしゃみの音まではっきり伝わる壁の薄さには閉口していたらしい。しかも隣りに住んでいたのが熱心なＴ教の信者一家で、朝な夕なにドンツクドンツク、鳴り物を叩きながら題目を唱えているのだからたまらない。私もその音をよく覚えているが、まるで壁など存在せず、同じ部屋の中で鳴っているのではないかと思えるほど、明瞭に聞こえていたものだ。

私たちが住んでいたのは、そんな文化住宅が六棟ほど寄り集まった地区だった。細い路地の突き当たり、袋小路になった区画で、それぞれの家が玄関を内側に向けあってコの字型に並んでいた。そのコの字の真ん中は、学校の教室二つ分ほどの細長いスペースになってい て、子供の遊び場になったり、母親たちの社交場になったりした。いわば、屋根のないロビーのようなものである。

住んでいる人たちも飾り気のない、言ってしまえば開けっ広げな人たちばかりで、いかにも関西の下町という雰囲気に満ちていた。みんな同じように貧乏だったから、変な見栄や気取りはまったく必要なかった。

だが、それまで小さいながらも庭付き一戸建てに住んでいた両親は、隣人との距離が極端に近いこの環境が、あまり得意ではなかったようだ。しょせんは仮の住まいという意識があったのか、袋小路の人たちと積極的に交わろうとはしていなかったし、結局ただの一言も大阪弁を話さなかった。近所の人たちは私たちに優しくしてくれたが、心の中では、さぞかし『東京もんは気取り屋で困る』と思っていたことだろう。

けれど子供の私にとっては——あの袋小路での日々こそが、まさしく黄金だった。

年齢性別を問わず、その一帯に住んでいた子供たちはみんな兄弟のようなもので、朝から晩まで、いつも誰かしらが近くにいた。まるで合宿生活のような楽しさに満ちていて、一人っ子の私には、それが嬉しくてならなかったのだ。

誰かがベッタン（東京で言うメンコである）を始めれば黙っていても参加者が集まってきたし、

女の子がゴム跳びをすれば、男の子も混ざって盛り上がった。雨の日はみんなで近くの商店街に押しかけ、長いアーケードの下を存分に駆け回った。家の前の社交場なら、晩ごはんを食べた後でも遊ぶことができた。

ずいぶん昔のことなので、その頃遊んだ子供たちの名前や顔をすべて覚えているわけではない。もっともよく遊んだのはナオユキという同学年の子供だったが、残念ながら、どんな顔をしていたか、はっきりと思い出すことはできない。『てなもんや三度笠』に出ていた、白木みのるという俳優に似ていたっけ……という漠然とした印象だけが残っているばかりだ。

それに反して、長い年月が過ぎてなお、くっきりと頭に焼きついている顔がある。

袋小路の一番奥に住んでいた、チュンジとチェンホという、朝鮮人の兄弟だ。名字は確か朴《パク》だったと思うが、あるいは白《ハク》だったかも知れない。また分断されている半島の、どちらに属していたのかもわからない。

チュンジは私より二つ年上で、がっしりとした逞しい体の持ち主だった。いつも頭を五分刈りにしていて、糸のような切れ長の目を持っていた。ベッタンの腕は敵なしで、私は彼が一撃で四枚ものベッタンを裏返すのを見たことがある。どちらかというと直情型の性格で、彼の国や家族を侮蔑するような人間には、たとえ年上でも勇猛に殴りかかった。

その豪放な兄貴に比べて、弟のチェンホはか細く、背丈も小さかった。私より一つ下なのだが、どう見ても幼稚園児くらいにしか見えない。顔色も青白く、いつも日に焼けていた兄と並べば、まるで揚げ過ぎたトンカツに寄り添うキャベツのようだった。

しかし、それは仕方がないだろう。詳しくは知らないが、チェンホは体に重大な障害があって、普通の子供のように外で走り回って遊ぶことができなかったのだから。

そのために、彼は学校にも行っていなかった。民族学校に入学はしていたらしいが、実際に登校はできず、いつも家の中に閉じこもっていた。おそらく寝たり起きたりの生活をしていたのだろう。袋小路の社交場に姿を現すことも滅多になく、たとえ来たとしても仲間には入らないで、みんなが遊んでいるのをただ見ているばかりだった。

もっとも、それにはまた別の理由がある。悲しいことであるが、袋小路の親密な空間の中でも、兄弟の家は浮いていたのだ。

外国籍の人間に対する差別と偏見は今でもあるが、三十年以上昔となれば、なおさらだ。戦前戦中の誤った認識を引きずっている人間はたくさんいたし、自分と異なるものをむやみに低く見て、安っぽい自尊心を満足させる精神の貧しさが、まだ社会のあちこちに横溢している時代だった。それは気のいい袋小路の人々や私の両親の中にさえ、当たり前のように存在したのである。

だからチュンジたちの家は、いつも住民の輪から少し離れたところにいて、どこか別格扱いにされていた。私は当時八歳の少年だったが、そんな子供の目にも、その風潮ははっきり見て取れたものだ。

大人の行動はそのまま子供の手本になるので、私たちの世界でも、チュンジとチェンホは区別されていた。露骨にいじめたり差別したりこそしなかったが（チュンジの腕力を恐れての節もある）、仲間だとも思っていなかった。自分たちはこっち、彼らはあっちと、心の中にはっきりと線を引いていたのだ。

正直に言うと、私は国籍云々を抜きにしても、兄のチュンジはあまり得意ではなかった。やはり大きい体は威圧的だったし、思いがけないことで怒るので、付き合いにくかったのである。
けれど弟のチェンホの方は、好きだった。話してみれば彼はとても素直で優しく、頭のいい少年だった。自分にもこんな弟がいたらいいのに……と、あの頃の私はよく思っていたものだ。

実を言うと、東京からその袋小路の家に移って二ヶ月近くが過ぎるまで、私はチェンホの存在に気づかずにいた。人目を引くチュンジのことはすぐに覚えたが、彼に弟がいるというのを、まったく知らなかったのである。

私とチェンホを結びつけたのは、当時大人気だった〝怪獣〟だ。

昭和四十二、三年頃に少年期を過ごした人間ならわかると思うが、東宝のゴジラ、大映のガメラ、テレビのウルトラシリーズなどは、その頃の少年たちの心をつかんで離さない一大ムーブメントだった。私も例に漏れず、その異形たちのかっこ良さに首ったけになっていたものだ。

両親は一人っ子の私に甘く、よほど高いものでない限り、望むものを望むままに買ってくれた。落ちぶれはしたが、子供の欲しいものくらいは買ってやれるのだ……と思いたかったのかもしれない。

だから私は近所の誰よりも、玩具や本を持っていた。怪獣やヒーローのソフトビニール人形、サンダーバードのメカニック、怪獣図鑑、ドラマ入りソノシート——その量はおびただしく、もし今も持っていれば、その筋のマニアショップに売って一財産できるに違いない。東京者の私が、袋小路の子供たちの中にすぐに入って行けたのは、そういう物のおかげだったことは確かだ。

おそらく梅雨どきの雨の日だったと思うが——その日、私は珍しく家にいた。なぜ誰とも遊ばずにいたのかは思い出せないが、おそらくたいした事情もなかっただろう。母は商店街に買い物に出ていて、私は家に一人だった。

一階の部屋でテレビの漫才を見ていると、誰かが玄関の引き違い戸を叩いた。出てみると、長い髪を計ったように真ん中からきれいに分け、後ろで丸くまとめた女の人が立っていた。チュンジの母親だった。

「お兄ちゃん、ごめんね。ちょとお願い、あるんだけど」

チュンジの母親は、奇妙なアクセントの日本語で言った。

「うちにね、病気の子いるの知てる？　お兄ちゃんより、ちょと小さい子。チュンジの弟。チェンホて言うの。小学校の一年よ」

知らないと答えると、母親は少し悲しそうな顔をした。けれど私は本当に、その時初めてその名前と存在を知ったのだ。

「チュンジから聞いたけど、お兄ちゃん、カイジュの本、いっぱい持てるでしょ？　ちょとだけ、貸してくれない？　チェンホが、カイジュ見たいって言てるのよ。汚したりしないし、ちゃんと返すから」

私はとても首を縦に振る気にはなれなかった。

今のようにビデオのない当時、テレビの他にウルトラマンや怪獣が見られるのは本だけだった。いくらきちんと返すと言われても、それを手元から離すのは、熱烈な怪獣ファンの子供には忍びがたいことなのだ。

「どしても心配だったらね、お兄ちゃん、うちに遊びに来てくれる？　チェンホも喜ぶから」

答えに詰まってうつむいてしまった私に、母親は優しい声で言った。

それならいい……と私は答えざるを得なかった。本が自分の見えないところに行ってしまうくらいなら、その方がずっとましなのだ。私の言葉を聞いて、母親はパッと顔を輝かせた。

チュンジたちの家は三戸続きではなく、独立した、ちょっと大きめの家だった。一階でズック靴を作る仕事をしていて、朝早くから夜遅くまで、ミシンの音とハトメを叩き込む音が聞こえていた。それを気兼ねしてか、いつも窓を閉め切っていて、それがなおさら閉鎖的な雰囲気を漂わせていた。

私は何冊かの怪獣図鑑を手に、初めてその家の中に入った。玄関を開けるとすぐ仕事場になっていて、マシン油とゴムの混ざったような独特の匂いに満ちていた。部屋の隅の大きなゴミ箱には、靴底の形に切り抜いた後の厚手の布が山になっていた。

ミシンを踏んでいたチュンジの父親が朝鮮語で何か話しかけ、やはり朝鮮語で母親が答えた。意味はまったくわからなかったが、どこかうれしそうな口振りだった。ズック靴に紐を通していた祖母が、深い皺の刻まれた顔をくしゃくしゃにして笑いかけてくれたので、私はどうやら歓迎されているらしいとわかった。

「おまえ、遊びに来てくれたか。ありがと、ありがとな」

父親は大きな手で私の頭を撫でながら、やはり奇妙なアクセントの日本語で言った。彼はプロレスラーのような体格だったが、いつも笑顔を絶やさない優しそうな人だった。

やがて通された二階の部屋で、初めてチェンホと会った。彼は薄い布団に横たわっていて、どこか恥ずかしそうな目で私を見た。

「お兄ちゃんね、いっしょにカイジュ見ようって」

母親の言葉に、チェンホの白い頬は見る見る赤く色づいた。と、思うと、まるで見えない糸で引っぱられたかのように体を起こし、うれしそうに布団から飛び出した。当時の子供にとって怪獣というのは、それだけの力を持っていたのだ。

幸い兄貴のチュンジはどこかに出かけているらしいと知ると、私はようやく肩の力が抜けた。言われるままにチェンホのすぐ隣りに坐ると、持ってきた本を広げて一緒に眺めた。

「これ、今度やる映画の本だね。いっぱい怪獣がでるやつだ」

ゴジラが登場する『怪獣総進撃』の本を見ながら、チェンホは目をキラキラと輝かせていた。

私たちはそれぞれの怪獣を指差しながら、競って名前を言い合った。

「ゴジラ、モスラ、キングギドフ、アンギラス、ラドン……」

怪獣たちの名前は何かの呪文のように、それまで話したこともなかった私たちを、またたくうちに結びつけた。繰り返しになるが、とにかく怪獣というのは、そういう力を持っていたのだ。

「お兄ちゃん、ケーキ食べて」

しばらく本を見たあと一緒に怪獣の絵を描いていると、母親が二階に上がってきた。その手には、たった今買ってきたらしい小さな箱を下げていた。

「わぁ、パルナスや」

白地に大きな帽子をかぶった子供の絵が描いてある包み紙を見て、チェンホが叫んだ。

パルナスは関西だけにあった、ロシアの味を謳い文句にしていた大手ケーキ店だ。きっと初めて遊びに来た私のために、雨の中を買いに行ってくれたのだろう。思いがけない幸運に、私の心も弾んだ。

「あまいお菓子のーお国の便りー、おとぎの国のローシアーのー、ゆーめーのおそりが運んでくれたー、パルナス、パルナス……」

調子に乗って、私はテレビで流れているパルナスのCMソングを口ずさんだ。日曜の朝のアニメを見ると必ずかかる歌で、お菓子屋さんの宣伝とは思えないほどマイナーな曲だったのが面白く、大阪に来てすぐに覚えたのだ。

「お兄ちゃん、僕、その歌大好きなんや」

私が歌い終わると、チェンホは胸元近くをさすりながら言った。

「何かその歌、寂しい感じがするやろ。聞いとったら、このへんがシクシクするような気がするんや」

その気分は、私にもわかった。パルナスの歌は、本当にそんな曲だったのだから。

その日一日、私たちは楽しく遊んだ。夕方家に帰って、チェンホの家で遊んできたと言うと、母はわずかに顔を曇らせたけれど何も言わなかった。

それから私は、気が向くとチェンホを訪ねるようになった。と言っても、せいぜい一ヶ月に一度くらいで、特に頻繁にというわけではない。兄貴のチュンジと顔を合わせるのはやはり気詰まりだったし、あんまりあの家には行かん方がええで……と忠告してくれる大人もいたからだ。

もちろん今では、もっとチェンホと遊んであげていれば良かったと心から思っている。チェンホは翌年の八月に、あまりに短い一生を終えてしまったのだから。

2

何年が過ぎても、あの日のことは忘れられない。

大阪で迎えた二度めの夏休みが、半分ほど過ぎた頃だ。その時、私はナオユキと一緒に家の前に大きな盥《たらい》を持ち出し、作ったばかりの船のプラモデルの進水式をしているところだった。

袋小路の入り口に、古ぼけたオート三輪が止まった。そこまで車が入って来るのは珍しかったので、私たちは自然とそちらに目を向けた。

荷台にはチュンジとその両親が乗り、運転席には見慣れぬ男と祖母が坐っていた。みんながみんな顔を苦しげに歪めていて、その表情を見た瞬間、私はなぜか鳩尾《みぞおち》あたりが、きゅっとすぼまるのを感じた。

「アイゴー、アイゴー」

転がり落ちるように運転席から降りてきた祖母は、そのまま袋小路の入り口に坐り込み、鳥の足のように痩せた手で地べたを叩きながら泣いた。父親は荷台から飛び下りると、そこに寝かせておいたらしい、白いシーツにくるんだものを抱きかかえた。それは細長く、まるで大きな蚕のように見えた。

父親はそれを大事そうに抱えながら、私の家の前を通り過ぎていった。シーツの切れ目から小さな子供の足が見え、その爪も踵も、ぞっとするほど青白かった。

その後ろに続いていたチュンジが、私を見て立ち止まった。

「ユキオ、今朝、チェンホが死んだで」

涙で煮えてしまったような赤い目をしばたたかせながら、チュンジは言った。その言葉を聞いた時、頭の中に白い煙が立ちのぼったような気がした。私はその時まで、チェンホはごく普通に家にいるものだと思っていたからだ。

「急に病気が悪うなってな、三日前に入院したんや」

私は彼の父親の後ろ姿を見た。白いシーツに包まれた、てるてる坊主のような我が子の頭に、父親は何度も何度も頬をこすりつけていた。

「あいつと遊んでくれたんは、お前だけやった。どうもありがとな。あとで葬式するから、来てやってくれや」

言葉を失って、私は盥の中に浮かぶ船を見た。接着剤がうまく塗れていなかったのか、胴体の中に水が入って半分沈みかかっていた。

そのまま悲しみ死んでしまうのではないかと思えるほど、祖母は泣き叫んでいた。兄弟の母親が横で支えなければ、立って歩くことさえできないようだった。二人は声を放って泣きながら、よろよろと袋小路を歩いていた。

「何で棺桶に入れへんのや。気色悪い」

騒ぎを聞きつけて外に出てきた斜向《はすむ》かいのおばさんが、吐き捨てるような口調でそう言ったのが、今でもはっきりと耳に残っている。

その夜、両親と一緒にチェンホのお通夜に行った。

人の葬儀に出るのは初めてだったが、今から思えば、後に出席した葬儀と、かなり違ったものだったように記憶している。

靴作りの仕事場を片付けて質素な祭壇が作られ、その前にチェンホがお棺にも入れられずに、布団に寝かされていた。顔には白い布がかけられ、枕元にはいくつかの玩具が並べられていた。どれもがお菓子のおまけのような、安っぽいものばかりだった。祭壇は足が折り畳み式になった四角いテーブルで、その上に線香と蠟燭、いくつかの朝鮮料理と果物が皿に盛って並べられていた。

家の中に足を踏み入れると、喉がひりつくほど線香の煙が満ちていた。八月も半ばを過ぎたとはいえ、まだ気温は高く、遺体の傷みも早かったのだろう。その匂いをごまかすために（線香はもともとそういうものらしいが）、あんなに焚いていたのではないかと思う。

通夜の席には、今まで見たことのないような人たちが集まっていた。チェンホの遺体の足元には、親類だという女の人たちが横並びに坐っていて、通夜の間中ずっと泣いていた。その泣き声には悲しげな節がついていて、まるで歌っているように聞こえた。

両親と一緒に手を合わせながら、私はぼんやりと、チェンホはどこに行くのだろう……と考えた。

チュンジとチェンホの兄弟は、日本で生まれた子供である。朝鮮語も話していなかったし、見る限り、日本人の子供と何も変わりはなかった。チェンホに至っては、朝鮮料理は辛くて食べられないと言っていたくらいだ。

そんなチェンホが、はるばる海を渡って朝鮮の天国に行くことができるのだろうか。行ったところで、言葉もわからない場所で楽しくやれるのだろうか。それとも日本の神様が、日本の天国まで連れて行ってくれるのだろうか。いや、もしかしたら、天国には日本も朝鮮もないのかもしれない。死んだ人みんなが、同じところで仲良く暮らす——もしそうだとしたら、どんなにいいだろう。

そんなことを考えていると、急に頭がふらふらした。しだいに気分が悪くなり、家に帰るなり私は吐いてしまった。天井がゆっくりと回って、身を起こしていることさえ辛い。

「ユキオ、あんた、すごい熱じゃないの」

熱を計った体温計を見て、母が叫んだ。私はいつのまにか、四十度近い高熱を出していたのだ。すぐさま近所の大きな病院にかつぎ込まれ、私は二日ほど入院する羽目になってしまった。今から思えば、初めて知っている人間の死に接して、心身共にショックを受けてしまったのかもしれない。

後から聞いた話によると、私は朦朧としながら、しきりにうわ言で「チェンホ、リモコン戦車……」と繰り返していたという。

リモコン戦車は、私がその一ヶ月ほど前の誕生日に買ってもらった、最新の玩具だった。母親はその戦車を私の枕元に置きながら、チェンホが私を道連れにしようとしているのではないかと、本気で思ったそうだ。

高熱で意識が朦朧としていた間、私がチェンホの夢を見ていたのかどうか、まったく記憶していない。けれど、うなされていた理由は、はっきりとわかるのだ。

その数週間前、私は罪を犯していた。近所の子供たちと一緒になって、チェンホを差別し、いじめたのだ。

私の誕生日の明くる日のことだった。その日は朝から雨だったので、私は家の二階で、ナオユキを初めとする近所の子供たち三、四人と遊んでいた。

さっきも言ったように、あの頃の私の環境は、近所の子供の羨望の的だったに違いない。一人っ子の私は、二つある二階の部屋の一つを一人で使い、その部屋はたくさんの玩具や本であふれていた。おそらく袋小路の子供たちの中で、私は一番の〝財産家〟だったろう。それを目当てにナオユキや他の子供たちは、何かにつけて私の家に上がりたがったものだ。

しばらく遊んでいると、突然チェンホがやって来た。彼が家に来るのは初めてだったので、私は少し驚いた。

その時のチェンホは顔色もよく、ランニングシャツ一枚で、普通の子供と何ら変わりなく見えた。今から思えば、消える前の蠟燭の、一瞬のきらめきのようなものだったのだろうか。

「遊びにきたよ、お兄ちゃん」

あの人懐っこい笑顔を浮かべて、チェンホは言った。私は、そっとまわりの友だちの顔を見た。ナオユキたちは、どこか困惑しているようだった。たいていの子供は親たちから、突き当たりの靴屋の子とは遊ぶなと言われているからだ。しかし兄貴のチュンジが怖いので、露骨に追い返すこともできなかった。

その時、場の話題を集めていたのは、誕生日にもらったばかりのリモコン戦車だった。プラスチック製のリアルな外観のもので、ケーブルで繋がったコントロールボックスのスイッチ操作で前進・後退したり、砲塔を回転させたりできる。もちろん右折左折も思いのままだ。車体はマンガ週刊誌ほどの大きさで、子供には迫力のあるサイズだった。

みんな競って動かしたがったので、交代で遊ぶことにした。ジャンケンで勝ったもの順に、二十秒ずつだ。けれど時計がなかったので、みんなで一から二十まで数えることにした。

そこで露骨な差別心が現われた。ナオユキや他の子が持つと、お風呂に肩まで漬かっている時のように、ゆっくりと数える。けれどチェンホの番になると、それこそ五秒もかからないくらいに、みんなはものすごい早口で数えるのだ。

今思えば、あの時、私はもっとわがままになっていれば良かった。私の部屋に私の玩具なのだ。もしここで遊びたいなら、チェンホも普通に仲間に入れてあげてくれ——そう言っていれば、良かったのだ。

けれど私はできなかった。ついナオユキたちの顔色をうかがい、場の雰囲気に流され、チェンホを守ってやらなかった。

やがてチェンホは、自分が歓迎されていないことを悟った。私の方を向いて、いつものようにニッコリと笑いながら言った。

「今日は、もう帰るわ。また今度、遊んでぇな」

明るい声だったけれど、その目がわずかに潤んでいるのを私は見逃さなかった。ちくちくと胸が痛んだが、愚かな私は、それでもそっけなくうなずくだけだった。

それがチェンホとの別れになった。

まったく記憶にはないが、高熱にうなされていた私の心は、その時に戻っていたのだろうか。そして夢の中で、自分の罪を深く嚙みしめていたのだろうか。

その出来事が起こったのは、チェンホが亡くなって一週間ばかりした頃だったと思う。肺炎の手前まで行った私の高熱が下がり、どうやら体調を取り戻した頃でもあった。

「何だ、この音」

夜眠っていると、突然すさまじい音で叩き起こされた。まるで近くでバイクのエンジンをふかしているような、ドドン、ドドンという連続音だ。さらにその上に、絶叫するような人間の声がかぶさっている。

二階で眠っていた私は、急いで階下に降りて行った。父たちも起きていて、部屋の明りがついていた。

「いったい、どうしたの？」

「隣りだ。隣りの人が、題目を唱えてるんだ」

確かにそれは、隣家の鳴り物の音と題目を唱える声だった。けれど毎朝耳にするものとは違って、ひどく切迫した、それこそ死に物狂いになっているかのような音と声だった。時計を見ると、とうに一時を過ぎている。

小さな台所の窓を開けて外を見ると、袋小路に並んでいる家の明りが、次々と点灯するのが見えた。

「何時やと思ってんねん！」

「ええ加減にせぇや！」

どの家の住人も窓から顔を出し、隣家に向かって叫んでいた。けれど、その非難がまったく聞こえていないかのように、鳴り物と題目の声はおさまらなかった。

「いったいどうしたんですか、こんな時間に」

とうとう父がパジャマ姿のまま、隣家を訪ねた。寝ているように言う母の言葉を振り切って、私もその後ろについていった。他の家の住民も、険しい不満顔でぞくぞくと集まって来る。

扉を開けて出てきた隣家の主人(四十歳くらいの左官職人だった)の顔は紙のように青ざめ、汗まみれだった。

「便所に起きたら、二階の窓の外に子供がおったんや」

隣家の主人は震え声で言った。その場にいた人間は事情が飲み込めず、怪訝そうに顔を見合わせた。

「ほんまや……小さい子供が、窓から家の中を覗き込んで、にやぁって笑いよった。そんで猿みたいに宙返りして、どこぞに行ってもうたんや」

「ええ年して、何寝ぼけてんのや」

「寝ぼけてへんがな。間違いない、あれは、こないだ死んだ靴屋んとこの倅やで」

チェンホの名前が出た瞬間、その場がすっと静まり返った。

「お月さんみたいな、青い顔しとったわ」

月という言葉が出て、私は思わず空を見上げた。同じように、その場にいた大人が上を見た。

その時だ。

注目が集まるのを待っていたかのように、何かが——目に見えない何かが、隣家の屋根の上を走った。猫が走り抜けるような素早い動きだったが、猫よりもずっと大きいものの気配だ。

しかし、そこには何もいなかった。

何もいないのに、まるでピアノの鍵盤の上で指を横に滑らせたように、瓦の鳴る音だけが、リズミカルに手前から奥へと動いていく。

「幽霊や！」

一瞬の静寂の後、誰かが切羽詰まった声で叫んだ。それが合図だったかのように、みんなは口々に悲鳴を上げながら、弾けたように自分たちの家に駆け戻っていった。

3

それから奇妙な出来事は、毎日のように起こった。

夜中の社交場で飛び跳ねる子供の足音が響いていたとか、誰もいない台所で水が流れる音がしたとか――もう夏も終わりに近いというのに、袋小路はにわかに怪談で持ちきりになった。

そしてそれは、私の家にも起こった。ちょうど夏休みの最後の日のことだ。

その時、私たち家族は一階の部屋でテレビを見ながら、夕飯を食べていた。私はまだ少し残っている宿題のことが気がかりで、落ち着かない気分だった。

大半はその日までに終わらせていたのだが、よりによって面倒な図画が残っていた。夏休みの印象的な出来事を一つ、何でもいいから絵に描くという課題だ。

もっとも印象的だったのは、言うまでもなくチェンホの死だ。けれど宿題で描くには不適切な題材だということは、九歳の私にもわかった。

結局、七月に行った海水浴の絵を描くことにした。構図はありきたりなもので、画面を真ん中で左右に割り、右側が砂浜、左側は海として、そこに何人かの人間を描き込んだ。私と両親、そして一緒に行った親類の家族だ。

夕方から描き始めて、食事の時間になっても、まだ六割程度しか描けていなかった。母に呼ばれて、私は道具をそのままにして階下に降りた。

食事をしながらテレビを見ていると、ふと二階の部屋で物音がした。とんとん……と何かが規則的に床を叩くような音だ。

「何だ、今の音」

みんな同時に顔を見合わせた。むろん二階に人がいるはずはない。

「誰か……歩いてるんじゃない？」

音は次第にはっきり、長く続くようになった。それはまさしく人間の足音に似ていた。しかも音の間隔から考えれば、子供のもののように思える。

「やだっ、怖い」

母が箸を放り出して、耳をふさいだ。

「何言ってんだ、まだ夜の七時だぞ」

「時間なんて関係ないわよ。北原さんとこの奥さんなんか、朝早くにランドセルをしょった子供を見たって言ってるんだから」

その話は私も聞いていた。

朝の七時頃、朝食の支度をしていた並びの家のおばさんが、まだ夏休み中だというのにランドセルをしょっている子供の姿を、台所の窓から見たというのだ。その少年は、歩くというより滑るような動きで、窓の外を横切っていったという。むろん慌てて外に出てみても、誰もいなかった。

やがて父が意を決したように立ち上がり、まるで泥棒のように足音を潜めて階段を上っていった。体の重みで階段がきしんだ瞬間、二階の音はふっと消えた。

「別に、誰もいないぞ」

二階から父の声がして、私と母は恐る恐る上がっていった。

「隣りの家の音が響いてたんじゃないか」

あの家の壁の薄さなら、十分に考えられることだった。けれど、それなら父が上がった途端に止まるというのが逆におかしい。

私は何か変わったことがないか、部屋の中を見回した。そして自分が描きかけていた絵を見て、思わず息を飲んだ。

海の中にいる人間——その中の、自分として描いた人物の後ろに、明らかに私のものではないタッチで、白いもやのようなものが描き込まれていたのだ。

縦に細長く、ちょっと見には唐突な波飛沫《なみしぶき》のようだった。けれどよく見れば、ちゃんと人間の形をしている。

それを見た私が真っ先に思い出したのは、シーツにくるまれたチェンホの姿だった。

その明くる日、私は近くの商店街の文房具屋まで、新学期に使う学用品をナオユキと一緒に買いに行った。その道々の話題は、当たり前のようにチェンホの幽霊の話だった。

「あれは絶対、お化けの仕業や」

ナオユキは、自分の家で起こったという不思議な出来事を話し続けていた。

何でも二日前に、家の二階で妹が友だちと人形遊びをしたそうだ。その友だちが帰った後、なぜか人形が一体、見えなくなっていた。不思議に思って探し回ると、一階の玄関の土間の上に落ちていたという。

けれど私には、彼の話は今ひとつピンと来なかった。その友だちの女の子が人形を盗もうとしたと考える方が、自然な気がする。つい出来心で盗んだけれど、やっぱり怖くなって、玄関先に落としていったのではないだろうか。

「いや、その子は俺も知ってるけどな、絶対にそんなことするような子やないねん」

私の推測に、ナオユキは頭を振った。チェンホなら、そういうことをしてもおかしくないというのだろうか。

「はっきり言ってな、今度はどんなことが起こるかと思ったら、俺、怖くてしゃあないんや」

ナオユキは薄い眉を顰《ひそ》めて言った。

「大丈夫やて。もし本当にチェンホがお化けになったとしても、みんなを困らせるようなヤツやないで」

「そやけどな……俺たち、前にあいつに意地悪したやんか」

言うまでもなく、リモコン戦車の一件だ。私はあの時のチェンホの顔を思い出して、胸がちくちくと痛むのを感じた。

「俺らのこと、きっと恨んでるはずや」

あぁ、そうか――ナオユキの言葉を聞いて、私は理解した。

袋小路のみんなは、大人も子供も、復讐されるのを恐れているのだ。それだけ、チェンホとその家族に冷たくしたという自覚があるのだ。むろん私もまた、同罪なのだけれど。

「何か、ないかな。あいつの嫌いなものとか、苦手なものとか」

ふと思いついて、私は意地の悪い嘘をついた。

「そう言えば、チェンホはパルナスの歌が嫌いやって言うてたな」

「ホンマか。だったら、パルナスの歌を歌ったら、逃げていくかもしれんな」

むろん、それは反対だった。そんな歌を歌ったら、逆に喜んでやってくるかもしれない。けれど、生きている間はさんざん避けていたのだ。死んだ後くらい喜ばせてやったらいい……と、私は思っていた。

パルナスの歌をちゃんと覚えていないとナオユキが言うので、商店街のアーケードの下を歩きながら、私はその歌を教えた。寂しげなメロディーを口ずさむと、不思議と胸元あたりがしくしくした。パルナスの歌は、本当にそんな歌だったのだ。

「お、ユキオやないか」

弟のかわりに歌につられたのではないだろうが、薬局の前で学校帰りのチュンジに出会った。

彼は近くの小学校ではなく、電車で三駅近く離れたところにある民族学校まで、歩いて通っていた。チェンホも同じ学校で、もし健康に通学していたとしたら、いつも七時頃には家を出ていたはずだ。並びの家のおばさんが、ランドセルの少年を見たという時間と一致する。

チュンジはナオユキを無視して、私にだけ話しかけてきた。

「なぁ、ユキオ。俺、めちゃめちゃ腹立ってんのや」

薬局の横に置かれた、十円で動くゾウの電動遊具にもたれてチュンジは言った。

「近所の連中、チェンホがお化けになったとか何とか、言いたいこと言っとるやろ。ほんま、頭くるで」

そう言いながらチュンジは、ちらりとナオユキの方を睨んだ。まるで今までの私たちの話を、どこかで聞いていたかのようだ。睨まれたナオユキは、何も答えずに目を伏せた。

「考えてもみぃ。もしチェンホが幽霊になったんやったら、まっさきに家に帰ってくるはずやろ。せやけど、うちには何もないんやで。足音一つでもええ、もし聞こえたら、アボジもオモニも大喜びや」

チュンジは太い腕を組みながら言った。私はどんな相槌を打っていいのかさえ、わからなかった。

「近所の話を聞いてな、ハルモニが、チェンホがトカビになった言うて毎日泣いとる。焼いてもうたんが、いかんかったんやってな」

ハルモニは、朝鮮語で祖母のことだ。

「何や、トカビって」

聞き慣れない言葉を耳にして、私はチュンジに尋ねた。

「俺もようは知らんけど、朝鮮のお化けみたいなもんや。いたずらばっかりする小鬼なんやて」

後に私が読んだ本によると、多くはトッカビとかトッケビ、トクカビと発音されるものらしい。

だが、この時チュンジが言っていたのは、確かに〝トカビ〟だった。日本で生まれ育った彼には、原語の発音が難しかったのかもしれない。

「朝鮮では、子供が死んだらトカビになるんか？」

「アホ、そんなことあるかい。ただな、ハルモニはチェンホを焼くのがイヤだったんや。もともとハルモニの村では、人が死んだら、そのまま土に埋めるんやて。焼いてお骨にするんは、二回死なすことやって嫌われとるらしいわ。それなのに焼いてもうたから、そんなアホなこと言うてんねん」

チュンジはウンザリした顔で言った。

「チェンホが、そんなワケわからんもんになってたまるか。ユキオかて、そう思うやろ」

私は黙ってうなずきながら、昨日のあの海の絵をチュンジに見せたらどうなるだろう……と考えた。

チュンジは兄貴として、幸薄かった弟が、せめて安らかに天国に行ったのだと信じたいに違いなかった。その気持ちはよくわかる。私も同じように思っていたからだ。

だから——トウガラシを配って歩いていた時の彼がどんなに辛かったか、それもよくわかるのだ。

チュンジが母親と一緒に私の家に来たのは、それから数日後の夕方のことだ。ひどく不機嫌な顔をして、大きな紙袋を持っていた。

「奥さん、どもすみません」

家の玄関先に立って、母親は深々と頭を下げた。お通夜以来、私は彼女を見ていなかったが、ひどくやつれて顔色が悪く、子供心にも無残な印象だった。

「うちの子が死んでから、変なことがいっぱいあるって聞きました。きちんと喪礼《サンレ》したんですけど、足りなかったのかも知れません」

奇妙な発音でそう言いながら、チュンジの母親は息子の持った紙袋から一摑みのトウガラシを取り、私の母に手渡した。

「うちのオモニが、チェンホがトカビになったと言ってます。だから、すみませんが、このトウガラシをちょとずつ、家の戸と窓にぶら下げて下さい。そしたら、変なこと止まります」

そう言うチュンジの母親は、目に涙をいっぱい溜めていた。その後ろで、チュンジがくやしそうに唇を嚙みながら、うっかりこぼしてしまった涙を、忙しく手の甲でぬぐっていた。

「トカビは火が嫌いです。赤いトウガラシを下げておくと、火が燃えていると思って、近くに来ないのです」

それだけ言うと、母親とチュンジは再び頭を深々と下げて、私の家を出て行った。かと思うと、すぐに隣りの家の玄関の扉を叩く音がした。そうやって一軒一軒、袋小路のすべての家を回っているらしかった。

私の母は、しばらく手の中のトウガラシを見つめていた。やがて、そのまま玄関先に坐り込むと、声を殺して泣き始めた。母親の気持ちを考えると、かわいそうで仕方ないと、小さい声で言った。

「気持ちを無駄にしないためにも、ぶら下げた方がいいな」

父が母の手からトウガラシを摘み上げて、溜め息まじりに言った。

明くる日、袋小路のすべての家の玄関に、赤いトウガラシが下がっていた。二、三個をひとまとめにして節分のイワシの頭のように飾っている家もあれば、まるで縄暖簾のようにたくさん下げている家もあった。私の家は、二つのトウガラシの頭をサクランボのように糸でつないで、玄関の扉の脇に画鋲で止めた。

母はあまり気が進まない様子だったが、父は言われた通りに、すべての窓にトウガラシを飾らせた。裏口、二階の部屋の窓、便所の小窓——あらゆる出入り口に、紛《まが》い物の小さな火がともった。袋小路の家々は、奥の家を除いて、みんな同じようにした。

チェンホの家族にしてみれば、それは何と残酷な光景だっただろう。誰もがチェンホを忌み嫌い、追い返そうとしているのだから。そしてもし、本当にチェンホがあの光景を見たとしたら、どんなに寂しくなるだろう。誰もが自分を拒絶しているのだから。


私がトカビを見たのは、それから三日ほど過ぎた頃だ。

今から思えば、夢だったようにも思える。大人になってしまった心が、そんなことは有り得ないと記憶を否定して、常識との帳尻合わせをしてしまうからだ。けれど、あのトカビの——チェンホの笑顔を思い出すたび、やはり夢ではない、夢であって欲しくないと思うのだ。

その夜、眠っていた私は不意に目を覚ました。トイレに行きたかったわけでも、奇妙な夢を見たわけでもない。誤って体のスイッチが入ってしまったかのように、なぜだか突然に眠りから覚めたのだ。

両隣りには、父と母が眠っていた。以前は二階の部屋で一人で眠っていたのだが、海の絵の一件があってから、私は階下で両親と一緒に寝るようになっていた。

部屋の中に、二人の安らかな寝息とゼンマイ式の柱時計の音だけが響いていた。布団から抜け出た私は時計を見ようとしたが、寝起きの目には、その文字盤をはっきりと見ることができなかった。

私は二階の部屋が気になった。なぜだか、そこに行かなければならないように思えたのだ。怖いと感じることもなく、私はゆっくりと階段を上がった。いつものように体の重みで軋む音がして、それを耳にした私は、はっきりと自分が起きているのを実感した。

二階の部屋には、特に何の変化もなかった。寝る前に見た通りのままだ。あえて言うなら、カーテンを閉め忘れた窓から月の光が差し込んで来ていて、妙に明るかった。

私は静かに窓を開いて外を見た。

特に何の変わりもなく、いつもと同じように、たくさんの屋根が並んでいるばかりだ。大阪の下町はどこでもそうだが、家と家との距離が近いために、屋根がぎっしりと寄り集まって見える——まるで芝居の書き割りの海のように。

(チェンホ……近くにいるのかい?)

私は心の中で呼びかけた。むろん、どこからも返答はなかった。ふと気がついて、窓の上枠につけてあるトウガラシをはずし、外に投げ捨てた。

その時、鋭い風が吹いた。

妙にひんやりとした、どこか甘い匂いのする風が、私の頭上をすり抜けて部屋の中に流れ込んだのだ。

振り向くと部屋の真ん中に、ランニングシャツ姿のチェンホがいた。生きている時そのままの姿で、あの人懐っこい笑顔を浮かべて立っている。

けれど、その体は、まるで肌全体に霜が降りているかのように、かすかに光っていた。どこか真珠に似た輝きだった。

「チェンホ！」

この時の私の叫びは、驚きや恐怖からのものではない。再会できた嬉しさが、思わず口をついて出たのだ。

チェンホはどこか恥ずかしそうな笑いを浮かべたまま、ちらちらと上目遣いでこちらを見ていた。私は少しも怖いとは思わなかった。

「会いたかったで」

そう言って手を伸ばすと、彼は驚いたように後ろに下がった。そしてイヤイヤと首を振って、どこか寂しげな表情を浮かべた。生きている人間が、彼の体に触れてはならない理由でもあるのかもしれない。

「どうして何もしゃべらないんや」

私はいろいろと話しかけたが、チェンホはやはり悲しそうに首を振るばかりで、何も答えなかった。しゃべれないのか、しゃべってはいけないのか、ともかく、その懐かしい声を聞くことはできないようだった。

しばらくして、明りをつけようと電灯のヒモを引っ張ったが、なぜか電気はつかなかった。窓からさし込む月の光が明るかったので、私は早々に努力を放棄した。暗いままでも、チェンホの姿はちゃんと見える。

「そうや、リモコン戦車やるか？」

私が言うと、チェンホの顔がパッと光った。私は押し入れを開けて、例のリモコン戦車を取り出した。

「この間電池を取り替えたばっかりやから、調子はばっちりやで。そうそう、怪獣の本も、好きなだけ見てええよ。人形もたくさんあるし。それにサンダーバードなんかどうや。ウルトラホークもかっこええやろ」

押し入れにしまっておいた玩具をすべて引っ張りだし、月明りの中に並べてみせる。

「好きなだけ遊んでええよ。今日は全部貸したるわ。朝まで遊んだって構わんで」

私は必死な心持ちだった。きっとこれが本当の最後で——もう二度とチェンホに会えなくなるのだと、なぜだかわかっていたのだ。

「そのかわりな、チェンホ……好きなだけ遊んだら、いっぺんだけ家に帰ったりぃな。お母ちゃんもお兄ちゃんも、お前に逢いたがっとるで」

チェンホはこくりとうなずいた。


明くる朝、私はたくさんの玩具に囲まれて目を覚ました。父と母が、不安げな顔で私を見下ろしていた。

「何で、こんなとこで寝てるの」

母の顔には、はっきりと怯えの色が浮かんでいた。私はわざと大きく欠伸《あくび》をして、呑気な口調で答えた。

「夜中に急に遊びたくなったんや。誰にも邪魔されんと、気分爽快やったで」

「ばかもん」

父の拳骨で頭を小突かれた痛みで、はっきりと目が覚めた。

「早く片付けて、学校に行く支度をしろ」

父と母は笑いながら顔を見合わせ、階下に降りていった。私はふざけた声で返事をしながら、散らばった玩具を押し入れにしまい始めた。

自分でも、ゆうべの出来事が夢のように思えた。だが、リモコン戦車の電池が切れているのを確かめて、やはり本当なのだと思った。

考えてみればリモコン戦車の騒々しいモーター音で、両親や隣りの住人が目を覚まさなかったのは奇妙だった。あるいは何か、不思議な力が働いていたのかもしれない。

すっかり朝になった外を見ながら、私はゆうべのチェンホの楽しそうな様子を思い出した。チェンホはかなり長い時間、私の部屋で遊んでいった。

私は時折激しい眠気に襲われて意識を飛ばしてしまい、何度目かに目覚めた時、部屋からチェンホの姿がなくなっていた。

慌てて外を見ると、海のような屋根の上を楽しそうに踊り跳ねているチェンホがいた。ヒュウヒュウと笛の音のような声をあげて、屋根から屋根へと飛び回っている。その動きはテレビのスローモーションのように、妙にゆっくりに見えた。

チェンホは私の顔を見ると、うれしそうに宙返りしてみせた。着ていたランニングシャツの腹が風で膨れ、私は彼が本当にそこにいるのだと実感した。

(あぁ、なるほど)

その様子を見ながら、私は気づいた。

チェンホは別に、誰かを恨んだりしていたわけではない。きっと体が自由になったのが嬉しくて、ずっと遊んでいたのだ。自分の家に帰るのも忘れて、夢中になって遊び回っていたのだ——雨に降りこめられ続けた子供が、やっと出てきた日光の中に飛び出していくように。

私の絵にいたずらしたのも、自分を描き込んで、一緒に海に行ったつもりになりたかっただけなのかもしれない。ランドセル姿で現われて並びの家のおばさんを驚かせたのも、学校に通う気分を味わってみたかっただけなのだろう。

やがてチェンホは、私に向かって手を振ったかと思うと、屋根から屋根へと飛んで遠ざかっていった。その姿はトカビというより、ランニングシャツを着たピーターパンのようだった。

遠ざかるに連れて、その体はあたりに溶け込んでいくように霞んでいき、やがて見えなくなった。あとには連綿と続く屋根の海と、それを白く輝かせる月だけが残った。

この後、家族の元にチェンホが姿を見せたのかどうかは、わからない。改めてチュンジに尋ねることもしなかったからだ。

けれど、この日を境にして、袋小路で奇怪な出来事が起こらなくなったのは確かだ。トウガラシの効果だと信じている人もいただろうが、私はチェンホが満足したからだろうと思っている。

あれから、三十余年の時が流れた。

今では、あの袋小路一帯は大きなマンションになっていると聞く。一世を風靡したパルナスもすでに営業をやめ、あの悲しげなＣＭソングは、関西でも一部の人の記憶にしかないという。

すべてが過ぎ去った、というわけだ。

けれども私は――今でも月のきれいな夜、チェンホがどこかの屋根の上を、楽しげに飛び跳ねているような気がしてならない。

大人になった私には、その姿はもう見えないのだろうけれど。

妖精生物

1

あの奇妙な生き物の話をしても、信じてもらえたためしがない。

小さい頃はよく空想と現実を混同してしまうものだと一笑に付されるか、あるいは作り話と決め込まれ、意地の悪い目で見られるかのどちらかだ。それならそれで、私は構わない。嘘だと思われて困ることは何もないのだから。

私自身も、本当は忘れたいのかもしれない。実際、忘れてしまってもいいことだ。時間の流れが記憶をちぎっていくのに任せてしまえば、きっと気持ちも楽になるだろう。

けれど、なぜだか私には忘れることができない。

あの生き物を掌に乗せた時のぬくもり、肌に染みこんでしまいそうな粘着質の湿り気――なぜか、それが恋しくてならなくなる時があるからだ。たとえば間近に子供の寝息を聞きながら、寝つけずに闇を眺める、今夜のような長い夜などに。

あの日、国電の高架下にいた男は、あの生き物を『妖精生物』と呼んでいた。それは確かに、あの奇妙な生き物には似つかわしい名前のように思えた。

だからと言って、外国のおとぎ話の絵本に出てくるような、昆虫の羽根のついた小人を想像してはいけない。私が飼っていたのは、そんな可愛らしいものとは似ても似つかない、クラゲのような生き物だ。十歳の少女だった私の掌にちょうど乗るくらいの大きさで、水の入ったガラス壜の中を、ただふわふわと漂っているだけの生き物だ。

私にそれを売った男は、ずっと昔の魔法使いが作ったものだと言っていた。もちろん、その頃は信じられなかったが、もしかすると本当にそうなのかも知れない。


私が生まれ育ったのは、大阪のある下町である。

お世辞にも上品とは言えない町で、ネクタイを締めている人が珍しい土地柄だった。駅の周囲には労務者相手の安宿や大衆食堂が軒を連ね、昼間から酒臭い息を吐いている人間がふらついているようなところだ。

繁華街から離れた住宅地は多少まともだったが、それでも決して住みやすい環境とは言えなかった。木とトタン板でできた小さな家がひしめくように集まり、その間を何本ものドブ川が流れていた。町全体にいつも独特の臭気が満ち、濁り水から生まれた大きな蠅が一年中飛び回っていた。

小さな町工場などもたくさんあり、絶えずどこかから金属を削る音や、何かをプレスする機械の音が響いていた。もっとも私は生まれた時からその音を聞いていたので、うるさいと感じることはなかった。今でも静か過ぎる場所を怖く感じてしまうのは、こんな育ちのせいだろう。

そんな町でも、子供たちは元気だった。体の内から溢れてくる力を持て余し、じっとしているのが苦痛であるように、いつも意味なく走り回っていた。もちろん私もその中の一人で、かけっことゴム跳びの大好きな少女だった。

あの頃の日々を思い出すと、本当に楽しかったと思う。生きていくことの寂しさや辛さとは無縁で、毎日が遊園地のような騒々しい幸福の中にあった。体は健康で、新品同様の肌と髪を持ち、貧しさが苦にならなかった。

その生き物を手に入れたのは、今から三十年ほど昔――私が小学四年生の七月のことだったと記憶している。

当時の私には、お気に入りの少女雑誌があった。紙バッグや可愛らしいシール、スターのピンナップ下敷きなど、ファンシーな付録がいっぱいついている、とても楽しい雑誌だ。付録のレターセットで手紙を書くのがクラスで流行ったりして、当時の女の子の必読本だった。私は一日十円のお小遣いをためて、どうにか毎月買っていた。

その雑誌は月初めに出るのだが、私の家の近所には本屋がなく、わざわざ駅前まで買いに行かなくてはならなかった。あの男に会ったのは、その道の途中にある国電の高架下だ。

その道は舗装されておらず、土が剝《む》き出しだった。日当たりが悪いうえに凹凸が激しいので、たいていどこかに水溜りがあり、いつも川のような匂いがしていたのを覚えている。

商店街にそのまま続いている便利な道が別にあったので、そこを通る人は滅多にいなかった。私も普段は便利な方を通っていたのだが、その日はなぜか、高架下を通る道を選んだ。理由はわからない。たまたまなのか、あるいは運命というものなのか。

高架下をくぐった時、昼でも薄暗いその道に、一人の男がひっそりといるのに私は気づいた。夏の強い光から逃げるように、もっとも暗い真ん中あたりに立っていたのだ。男は何かの箱を裏返してテーブル代わりにして、その上にガラス壜のようなものをいくつか並べていた。

私はすぐに何かの物売りだと悟った。果たして今もいるのだろうか、昔は学校や公園の近くに、怪しげな物売りが来ることがよくあった。いろいろな色に染め上げたヒヨコ、磁石で動くきびがら人形、紙に書いても指でこすればサッと消える魔法のインク——そんな子供心をくすぐる面白いものを、得体の知れない男たちが売っていたのだ。

「やぁ、ヒマワリのお嬢さん、ちょっと見ていかないかい?」

近づいてきた私を見て、その男は微笑みを浮かべて言った。私はお気に入りの髪どめに目を留められたのが嬉しくて、思わず立ち止まってしまった。

その頃の私は、肩甲骨のあたりまで髪を伸ばしていた。美容師の資格を持っていた母は私の髪をいじるのが好きで、私は着せ替え人形のように毎日違う髪型にしてもらい、友だちにうらやましがられていた。その日は、二つに分けた髪をそれぞれ編み上げて頭の後ろでまとめ、夏らしいヒマワリの形の髪どめをつけていたのだ。

「どうだい、こんな生き物、見たことないだろう?」

いくつか並んでいたガラス壜の一つを手にとると、男は私の目の高さにかざした。

かなりの時間が流れた今となっては、その男の顔をよく思い出すことはできない。若かったようにも、中年くらいだったようにも思える。レインコートのようなビニール地の上着を着ていた気がするが、夏場にそんな格好をしているのも妙だから、別の記憶と混ざってしまっている可能性もある。

男の差し出した壜は直径八センチ、高さが十三センチくらいのもので、口いっぱいにまで水が入っていた。空気穴のつもりなのか、金属製の白いフタには、釘で開けたような穴が十ばかり開いている。その中に一つ……いや一匹、半透明のビニールの塊みたいなものが浮かんでいた。

「何や、これ？　ちっちゃい目玉焼きみたいやな」

私は感じた通りのことを、すぐに口に出した。

それは確かに、小ぶりな目玉焼きに似ていた。固まるくらいにしっかり焼いたものではなくて、白身の色が変わり始めた瞬間を狙ってフライパンから引き剝がし、そのまま水の中に落としたような――そんな姿だと言えば、少しはわかってもらえるだろうか。

真ん中には山吹色のぼやけた星印のような模様があり、それに沿って薄いピンクの血管めいた筋が、半透明の体を走っていた。あの頃の私にはそれなりに大きく見えたが、おそらく直径五、六センチくらいのものだったろう。

「これ、クラゲ？」

「いやいや、クラゲなんかじゃないさ。ずっと昔の魔法使いが作った、妖精生物だよ」

そう言って男は、歯の間から息を漏らすような声で笑った。彼の口調には、まったく関西訛りがなかった。

「嘘や……魔法使いなんて、本当にはおらんもん」

私はまだ十歳だったけれど、さすがに男の言葉を鵜呑みにするほど子供ではなかった。ただ『妖精生物』という耳馴れない言葉に、不思議と惹かれたのは本当だ。

「やっぱしこれ、クラゲやろ？　前にこんなん、水族館で見たわ」

私が言うと、男はどこかがっかりしたような口調で答えた。

「嘘なんかじゃないさ。本当に魔法使いが作ったんだよ。そいつをよーく見ればわかるよ。もっと顔を近づけてごらん」

私は言われた通り、鼻の先がつきそうなほど壜に顔を近づけた。

確かにきれいな生き物だった。水の中で動くたびに、目玉焼きの端がスカートの裾みたいにゆっくりと翻って、パールのように輝く裏地がちらちらと見える。

しばらく眺めていると、何のつもりか、その生き物が突然水の中で裏返った。ぼやけた星印模様の裏側が見えた時、私は思わず声をあげた。

「あっ、顔がある」

もちろんそれは、顔ではないだろう。きっと何かの器官が透けて見えて、たまたまそんな風に見えるのに違いない。けれど私の目には、本当に顔のように見えた。

もっとも、顔と言ってもリアルなものではない。ファンシーなマンガ的な顔だ。ちょうどその頃流行していたピースマーク（私はニコちゃんマークと呼んでいたけれど）そのままに、黄色い円の中に小さな黒い点が目のように二つ並び、その下には三日月形の、笑った口を思わせる筋がついているのだ。

その顔の模様を見た瞬間、私の心は、その奇妙な生き物に鷲摑みにされてしまった。こんな生き物は今までに見たことがない——面倒なことがないなら、絶対に飼ってみたいと思った。

「気に入ったかい？」

私の表情を読み取ったかのように、男は言った。

「ニコニコ笑っているだろう？　この子は、飼っている家に幸せを運んでくれる生き物なのさ」

まるで年末の縁起物を売っているようなことを男は付け足したが、その生き物の姿を見ていると、その言葉もあながち嘘には聞こえない気がした。

「それに……この子はね、可愛い声で鳴くんだよ」

もう一息と思ったのか、躊躇している私に男は言った。

「さぁ、手を出してごらん」

男は壜の蓋を開けると、中で漂っていたその生き物を指先で優しくつまみ上げた。そしてそれを、差し出した私の掌の上に乗せたのだ。

ぬるりとした感触がした。

意外なことに、冷たいはずだと思ったその生き物は、ちょうど猫の腹にも似たぬくもりを持っていた。

しばらくすると、ピピピ、ピピピと小鳥の鳴き声のような音が聞こえた。山吹色の星形の端にヘアピンの先ほどの穴が開いて、中のピンク色の組織が音に合わせて見え隠れしていた。

今から考えれば、あれは鳴き声と呼べるような可愛いものではなくて、あの生き物が水を求めて発していた緊急サインの類だったのではないかと思う。

「どうだい？　小鳥みたいだろう」

男は優しい口調で言ったが——私の方はそれどころではなかった。その生き物を乗せた掌が、くすぐったくて仕方なかったからだ。

弟が飼っていたカブト虫を掌に乗せたことがあるが、その時も、ささくれのついた足がくすぐったくてならなかった。けれど、その生き物を乗せた時の感覚は、また違っていた。

何と言えばいいのか、まるで掌をぬるい舌先でゆっくりと舐められ、吸い上げられているような心地がしたのだ。

私は自分の腕に鳥肌が立つのを見た。けれど放り出すわけにもいかず、ただじっとその生き物を掌に乗せたまま、その感覚に耐えていた。

やがて男は私の掌から、そっとその生き物を引き剝がすと、再び壜の中に戻した。私はくすぐったさから解放されてホッとしたが、不思議と寂しい気持ちにもなった。胸がどきどきして、腋の下に汗をかいていた。

「気に入ったかい？」

どこか淫猥な笑いを浮かべて男は言った。

「もし良かったら、お嬢ちゃんが今持っているお金の半分で売ってあげるよ」

「持っているお金の半分？」

「そうさ、半分でいいんだ」

その値段のつけ方を神秘的に感じながら、もし十円しか持っていないと言えば、五円で売ってくれるのだろうか……と私は考えた。その頃の子供が十円か二十円以上のお金を持っていることなど、滅多にはないのだ。

私は結局、持っていたお金の半分を正直に支払った。少女雑誌は二百六十円だったので、百三十円だ。

「お嬢さんは嘘をつかない、いい子だね。きっとその子も喜んでいるよ」

代金を受け取って、その男は優しい口調で言った。私はまるで自分のポケットの中を覗かれたように思えて、少し怖い気がした。

2

家に帰ると、四人ほどの職人さんたちと一緒に酒を飲みながら、父が居間でテレビの競馬中継を見ていた。日曜日の私の家では、ごくありふれた光景だった。

父は小さな工務店を経営していて、何人かの人間を使っていた。工務店というと何だか立派にも聞こえるが、要は個人経営の下請け大工のようなものである。

いい意味でも悪い意味でもお山の大将肌の父は、わざわざ休みの日でも、こんな風に人を家に集めて昼間から酒を飲ませていた。親方と呼ばれるのが、何よりも好きなのだ。

父は度量の大きな人間を装っていたが、その実、些細なところで口うるさかった。たとえば、酔った勢いで私に五十円や百円のお小遣いをくれることもあったが、後になって必ず何に使ったのかと細かく尋ねてきたものだ。もし父の意に添わないものを買っていたりすると、そんなもん買うて、世津子は金のありがたみを知らんな……と文句を言った。

だから、得体の知れない生き物を買って来たと知れたら、ぐちぐちと文句を言われるのは目に見えている。私は妖精生物の壜を服の陰に隠し、酒臭い息で熱っぽい会話をしている横を通り抜けた。

当時の私の家は古い木造の平屋で、台所をのぞけば部屋が三つしかなかった。テレビが主のような顔で鎮座している居間と父たちの寝室、そして小さな庭に面した四畳半だ。その部屋に私と三つ年下の弟の机があったが、きょうだいだけでそこを使っていたわけではなかった。私が小学校に入学する前に脳溢血で倒れた祖母が、部屋の隅に寝かされていたのだ。

静かに部屋に入ると、祖母は眠っていた。遊び盛りの弟は、日曜の昼に家にいるはずがない。私は祖母を起こさないようにゆっくりと足元を歩いて、机にたどり着いた。家の中で唯一の、自分だけの場所だった。

私の机は、よくテレビで宣伝していたような様々なオプションのついた学習机ではなく、父が余った板で作ってくれた文机だった。部屋の隅で日当たりが悪く、電気スタンドをつけようと思ったが、祖母の眠りを妨げてはいけないと思い、やめた。

私はそっと机の上に、妖精生物の壜を置いた。目玉焼きのミニチュアのようなその生き物は、変わらず水の中で漂っていた。

しばらく様子を眺めた後、私は机の引き出しから自由帳を取り出した。わざわざ買ったものではなく、裏が無地の折り込み広告を集めて、半紙くらいの大きさに切って紐で綴じたものだ。私は昔から絵を描くのが好きだったので、少しでも紙が節約できるように母が作ってくれたのだ。

私は鉛筆の芯を舐めてから、そこに『ようせい生ぶつのかいかた』と書いた。

「とても大事なことだからね」

私に妖精生物を手渡す時、男はいくつかの注意点を話していた。同じことを三度も説明し、私に復唱させ、最後には、家に帰ったら必ず紙に書いておくようにと言った。

「まず、中の水は三日に一度は必ず取り替えること。とにかく水はいつもきれいにしておかなくっちゃダメだ。そしてその中に、小さいお匙半分くらいのお砂糖を入れておくこと。それがこの子の食べ物だから、絶対に忘れちゃいけないよ」

「お砂糖がごはんなの？」

「その通りさ。だからといって、キャンディーやチョコレートを水の中に入れたりしちゃいけない。お砂糖だけ……それも、グラニュー糖やザラメじゃダメだ。普通の白いお砂糖だからね」

男はまるで、幼稚園児に言って聞かせるような口調だった。

「それと、あまり強いお日様の光には当てないこと。ストーブの近くとかコタツの中みたいな、熱くなり過ぎる場所には壜を置かないこと……」

男はいくつもの注意点を列挙した。しかし、そのどれもが常識的なことばかりで、要は普通に家の中に置いておけば何の問題もないようだった。

「一番大切なのは、飼うための壜をあまり大きくしないこと。このくらいの大きさの壜が一番いいよ。もし壜を取り替える時は、必ずこれと同じくらいの大きさの壜にするようにね」

「どうして？」

「育ち過ぎてしまうからさ」

そう答えた時の男の顔は、それまでの笑顔が消えうせて、ひどく真面目なものだった。

「この子はね、住む場所によって体の大きさが変わるんだ。あまり大きくなったら、手に負えなくなるだろう？」

　確かにその通りだと私は思ったが、どのくらいの大きさにまでなるものなのか、ちょっと興味も涌いた。

「やってみようなんて思わない方がいいよ。大きくなれば飼う場所にも困るし、お砂糖もいっぱい食べるようになるし……何もいいことはないんだ」

　再び笑顔に戻って男は言った。

「決まりを守って飼えば、この子は絶対に死なないよ。君が大人になって、お母さんになっておばあさんになっても、ちゃんと生きているから」

　さすがの私も、その言葉だけは信じられなかった。こんな小さな生き物が、とてもそんなに長生きするとは思えなかったからだ。

　私は男の言葉を思い出しながら、なるべく丁寧な字で自由帳にメモした。なぜだか自分が、難しい実験をする科学者のような気分になっていた。

　突然、むせび泣くような声が部屋中に響いた。虚を衝かれて私は驚いた。眠っていたはずの祖母が目を覚ましたのだ。

「うおおおん、うおおん」

　祖母の呻き声は、まるで床下から響いてくるようだった。

　そっと顔を覗きこむと、祖母は目を閉じたまま、ぽっかりと口を開けてうめいていた。特に苦しそうな様子もなかったので、私はすぐにいつものあれだなと思い、台所に母を呼びに行った。

祖母は体が動かないばかりか、話すことも、自分でものを食べることもできないのだ。

母は台所で早い夕食の支度をしていた。集まっている職人さんたちの分まで作らなければならないので、狭い台所の中で、こまごまと忙しそうに立ち働いている。

「お母ちゃん、おばあちゃんが呼んでるで」

私は台所の入り口に立って、母の背中に言った。

「おしめが濡れたんかしら」

振り向いた母は、いつものように笑みを浮かべていた。

母はいつもそうだった。どんなに大変な時でも、私や弟の前では、けして辛そうな顔は見せないのだ。

お化粧は、それこそ授業参観の時くらいしかしなかったが、それでもいつもきちんと髪を結い、身奇麗にしていた。私の友だちは母のことをきれいだと言い、私も母を自慢に思っていた。

「たぶん、そうやないかなぁ」

「じゃあ、せっちゃん、ちょっとお鍋見といてくれる？」

「うん、わかった」

母が台所を出ていくと、私は言われた通り、煮物の鍋が焦げないように横で見ていた。

母は祖母のおしめを交換するところを、私や弟に見せないようにしていた。祖母もかわいそうだし、子供にとっても良くないと思っていたのだろう。

今は老人介護用品も色々といい物があるらしいが、三十年前といえば、そういった便利な物はなかった。おしめは昔ながらの布であったし、手伝ってくれる人もいないので、すべてが母の肩にのしかかっていたのだ。

しかも、うちの場合は、面倒をみなくてはならない人間がもう一人いた——父だ。

父は数年前、仕事中に棟から落ちて骨盤を折っていた。それ以来、右足の付け根の動きがひどく悪くなり、ほとんど曲げられないような状態だったのだ。

医者からは杖の使用を勧められていたが、本人はいやがり、まるでブリキのロボットのような歩き方で、よちよちと小刻みに歩いていた。釘を打つくらいのことはできたが、腰を入れてのこぎりを引いたり、足場に乗って身軽に働くということができなくなっていた。だからこそ、ことさら職人さんたちに食事を振舞ったりして、親方の面目を保とうとしていたのかもしれない。

ふと私は、例の妖精生物を机の上に出したままにして来たのを思い出した。

母は父ほどうるさくはないが、やはり無断で生き物を飼うのは賛成しないだろう。あの墩が、母の目にとまらなければいいのだが……と私は思った。

唐突に、あの生き物を乗せた時の感覚が、掌によみがえってきた。

あの感覚は、いったい何と言えばいいのだろう。あれは、それまでに一度も感じたことのない不思議な心持ちだった。

くすぐったいと言うより、もっと深い感覚——あの生き物から痺れるような何かが伝わり、それが骨にまで染みたような気がする。その痺れに耐えていると、やがて臍下あたりから、何かぬるい水が染み出して来るような……どこか甘い感じさえする、不思議な感覚。

「あれ、おかみさんは？」

その時、突然ジロウさんが台所に入ってきた。

「おばあちゃんのお世話や」

私が答えると、ジロウさんは合点したようにうなずいた。

「おかみさんも大変やなぁ、何から何まで。それで少しもしんどそうな顔をせぇへんのやから、大したもんや」

ジロウさんは、父のもとで働いている若い職人さんだった。中学を出てからすぐに働き始めたので、年こそまだ二十六、七だったが、うちの職人さんの中では一番のベテランだった。本当の名前は俊明というのだが、その頃大人気だったコント55号の坂上二郎に似ていたので、みんなからはジロウと呼ばれていたのだ。

物心がついた時からの付き合いだが、私はあまり彼が得意ではなかった。時にはひどく気難しかったり、時にはうっとうしいほど陽気だったり、妙に扱いにくいところがある人だったからだ。

「親方に、漬物でも持って来いって言われてるんやけど」

「うちが持っていくから、ジロウさん、お父ちゃんのところに戻ってて」

「悪いな、せっちゃん」

そう言いながらジロウさんは、ワンピースのノースリーブから出た私の二の腕をすっと撫でた。大工仕事でがさがさになった指先は少し痛かったが、それ以上に触られるのが不快だった。ジロウさんは愛情表現のつもりだったのかもしれないが、私はもう、そういうものに嫌悪を感じる年頃になっていたのだ。

私は冷蔵庫にあった胡瓜の朝鮮漬けを、適当な大きさに切って父のもとに持っていった。二級酒がほどよく回った父は、いつになく上機嫌だった。

「その漬物は世津子が切ったんか？　うまそうやなぁ」

父は不揃いに切れている胡瓜を箸でつまんで、口の中に放りこんだ。同じように箸を伸ばしながら、成田さんという秋田出身の老齢の職人さんが言った。

「本当にせっちゃんは、いい嫁さんになれるね」

「あぁ、こんな連中とは大違いや」

父はそう言って、つけっぱなしにしてあるテレビ画面を顎でしゃくった。テレビではニュース番組が流れていて、またどこかの駅のコインロッカーから、赤ん坊の死体が出てきたという話をしていた。

「何もわからん赤ん坊を殺して捨てるなんて、人間のクズやで」

この頃、コインロッカーに赤ちゃんを捨てる事件が多く起こっていて、コインロッカーベビーという言葉を、私のような小学生でも知っていた。殺してからロッカーに入れることが多かったようだが、生きたまま入れられるケースもたまにあったと記憶している。

お盆を持って台所に戻ると、母が水道で手を洗っていた。水を激しく出していて、タイル張りの流し台は、パチンコ玉を叩きつけるような音を立てていた。

「せっちゃん、お漬物を持って行ってくれたんやな。どうもありがと」

母は石鹸でごしごし手を洗いながら、にっこりと笑った。私の机の上の壜については、何も言わなかった。

3

私はその生き物を、いつも机の足元の暗がりに隠していた。

水の取り替えも誰もいない時を狙って手早く済ませ、人がいる時は、なるべく見つからないように、用もないのに机に向かっていた。

けれど、あんな狭い家で、いつまでも秘密が守れるはずがない。一週間ほど過ぎた頃、私が遊びから帰ってくると、台所のテーブルの上に妖精生物の入った壜が置かれていた。

私がいない間に三つ年下の弟が壜を見つけ、母に報告してしまったのだ。

「せっちゃん、これ、何やの？」

母に聞かれて、私は返事に詰まった。妖精生物という言葉を口に出すのが、何となく恥ずかしい気がしたからだ。

「それ、珍しいクラゲや。前にのり子ちゃんからもらったんや」

私はとっさに嘘をついた。お金を出して買ったとも言いづらかった。

「クラゲ？　刺したりせぇへんの？」

その時、壜を覗き込む母の目に、どことなく好奇の光があるのを私は見逃さなかった。弟が捕まえてくる得体の知れない虫やトカゲに比べれば、壜から逃げ出さない妖精生物は、まだタチがよかったのだろう。私はここぞとばかりにアピールした。

「大丈夫、毒なんかないから。それに、その子には可愛い顔があるんやで。よう見てみ」

「ほんまや！　ニッコリマークみたいな顔がついてる」

母はピースマークをニッコリマークと言った。

「その子の食べ物はお砂糖だけなんや。三日に一度、お水を取り替えてやらんとあかんのやけど、その時にちょこっとお砂糖を入れてあげるだけでええねん。ねぇ、飼ってもええやろ?」

それを飼っていると幸せが来ると、売っていた男が言っていたのを私は思い出した。その一言を付け加えようかとも思ったが、さすがに子供じみている気がして言えなかった。母には、単純にクラゲの一種だと思ってもらっておいた方がいい。

「そうやな、別に危ないもんやないんなら……それにこれ、意外と可愛いやんか」

母は面白そうに壜の中の生き物を眺めていた。その顔はどこか生き生きとしていて、母もこの奇妙な生き物が気に入ったらしいのがわかった。

こうして私は、どうにか妖精生物を飼うことを認めてもらえたのだが——壜を覗きこむ母に、ざらりとした奇妙な心持ちを感じたのも本当だ。

手に入れてから大した日数も過ぎていなかったが、私はすっかりその生き物のとりこになっていたからだ。

弟がいない時を見計らい、寝たきりの祖母に背を向けて、私はたびたび妖精生物を掌の上に乗せていた。そしてつかのま、あの甘美な感覚を楽しんでいたのである。

その感覚は、当時の私にはまったく未知のものだった。

掌から奇妙な湿ったぬくもりが伝わってきて、それが腕をつたって首筋にまで届く。そのくすぐったいような痒いような感覚に耐えていると、不思議と足がすくみ、頭の芯がぼやけていくような気がした。全身から何かが染み出てくるような甘さと、水の上に浮かんでいるような浮遊感が、頭の中で混ざり合った。

妖精生物を掌に乗せていれば乗せているほど、その感覚は強くなった。初めのうちはすぐに水に戻していたが、やがて我慢できる時間が少しずつ延びていった。

その感覚が続いたら、体の中で何かが爆発してしまう——いつもそう感じるまで耐えて、ぎりぎりのところで水に戻した。気がつくと息は荒くなり、体中に奇妙な汗をかいていた。

私はその遊びに夢中になった。そういう感覚を感じる機能が自分の体にあったことが、ひどく神秘的で素敵なことのように思えた。

けれど同時に、その遊びのことは誰にも知られてはいけないと思った。その感覚は隠すべきものので、けして他人に教えてはいけないのだと本能的に悟っていたからだ。

だから妖精生物の存在を知られるということは、その後ろ暗い喜びまでもが、あからさまになるような気がして嫌だった。ましてや、母がどこか楽しげな目でその生き物を眺めているのを見ると、ひどくバツの悪い気持ちになったのだ。


大介さんがやって来たのは、それからまもなくのことだ。

その日は一学期の最後の日で、私はもらったばかりの成績表を手提げカバンに入れ、くねくねと曲がりくねった狭い路地を走って帰って来た。

その頃の私は勉強が得意で、成績表はいつも『よくできる』が多かった。けれど、算数や理科に少しだけ『できる』が混ざっていて、よく母と口惜しがっていたものだった。

その日私は初めて、すべて『よくできる』をもらった。言ってみればオール5だ。その成績表を早く母に見せたくて仕方なかった。もし成績があがっていたら、母は夏休みにマリンセンターに連れて行ってくれると約束していたからだ。

マリンセンターは、その六月にオープンした新しいプール施設で、テレビや雑誌でも大々的に宣伝されていた。流れるプールや三十メートルもの長さの滑り台があり、時々は芸能人も来ているらしいと、友だちの間で大きな話題になっていた。

（マリンセンターに行くんやったら、新しい水着も買うてもらわんとな）

隣り町にあった区営プールに行く時は、私はいつも学校の授業で使う水着をそのまま使っていた。泳ぐのには何も困らなかったが、やはり野暮ったくていやだった。できれば友だちが着ていたような、腰にミニスカートのようなフリルが付いている水着が欲しい。どうすれば買ってもらえるかと考えながら、私は家の玄関を開けた。

「ただいま」

その瞬間、玄関先に立っていた見知らぬ人が振り返って、私を見た。すらりと背が高く、夏だというのにちゃんと背広を着た若い男の人だ。ゆるくウェーブのかかった長髪は、当時大人気だった西城秀樹や野口五郎のようだった。

「さっき話した娘の世津子や」

玄関先に立っていた父が、どこか無理に偉ぶったような口調で言った。その後ろには母もいて、さりげなく父の腕を摑んで体を支えている。

「せっちゃん、こいつは俺の親戚の子でな、大介っちゅうんだ。明日から親方んところで世話になるから、よろしくなぁ」

その男の人と並んで立っていた職人の成田さんが、どこか照れ臭そうな笑顔で言った。おそらく二人で挨拶に来て、ちょうど帰るところだったのだろう。

「どうぞよろしく」

その人は関西訛りのない言葉で言うと、にっこりと微笑んだ。私はどうしていいのかわからず、ただ頭をぺこりと下げただけだった。

「何だか芸能人みたいやね」

玄関先で成田さんと大介さんを見送り、扉を閉めてから私は小声で言った。

「なんやチャラチャラしよって……あんなんで使い物になるんか」

父は唇を醜く歪めて言った。本人のいないところでは、父はいつも言いたい放題なのだ。

「今どきの若い子なんて、みんなあんなもんよ。竹田さんがいなくなって人手が足りないんやから、仕方ないやないの」

母は父を支えながら言った。

その少し前に、働いていた職人さんの一人が突然辞めてしまって、仕事に支障が出ていると父たちが話すのを私も聞いていた。どうやら、その人の代わりにうちで働くことになったらしい。

私は胸がドキドキするのを感じながら、自分の部屋に戻った。今見た男の人は少なくとも、私がそれまで接していた大人たちとは違う種類の人のように見えた。

「おばあちゃん、ただいま」

部屋に入る時、私はふとんに横たわった祖母に声をかけた。できるだけ声をかけてあげるようにとお医者さんが言っていたので、私はいつもそうしていたのだ。けれど祖母は、目こそ開いているものの、ぼんやりと天井を眺めているばかりだった。

大介さんたちが来たのは祖母の食事中だったのか、枕元に半分ほど減ったお粥のお椀が置いてあった。そのまわりには何匹もの蠅が飛び回っていて、そのうちの一匹が祖母の頭の上を歩き回っていた。

私はカバンを置くと、すぐに机の上の妖精生物の壜を手に取った。

(幸せって、こういうことなんかな)

私はたった今見たばかりの大介さんの顔を思い出した。

妖精生物は幸せを運んでくる。まだ具体的には何か起こっているような気はしなかった(成績表のオール5は自分の力だと思いたい)が、あんなに格好のいい人がうちで働くようになるというのは、やはり幸せなことなのかもしれない。

「せっちゃん、通信簿見せて」

やがて母が、どこか含み笑いをして部屋に入ってきた。私はカバンから成績表を取りだし、誇らしい気分で母に差し出した。

「すごいやないの!」

成績表を開いた母は、目を丸くして叫んだ。何せ『よくできる』の列すべてに丸がついているのだ。一目見ればわかる。

「約束やで。マリンセンターに連れてってな」

私は鼻高々で言った。だが母は少し顔を曇らせて、ちらりと祖母の方を見た。

「連れて行ってあげたいんやけど、おばあちゃんのお世話があるからね」

それは十二分に予測された答えだった。母は祖母から片時とも離れるわけにはいかないのだ。

一緒に出かける約束など、その数年守られたことなどなかった。

「でも、大丈夫や。ジロウさんに連れて行ってくれるように頼んであげるから」

母は笑って言ったが、私は強く頭を振った。それだけは、なるべくならば避けたかった。

4

大介さんは、あの町には似合わない人だった。

明くる日から仕事にやってきたが、大介さんはジーンズにTシャツというスタイルで、長い髪をタオルでまとめていた。今の目で見ればどうということはない格好だが、他の職人さんたちが作業着然とした服装をしていたので、妙に垢抜けて見えた。

前にも言ったように、父の経営する会社は下請けの零細である。工務店というよりは『組』というべきレベルのもので、職人さんたちは、きちんと建築を勉強したとか、どこかで親方について正しく修業したという人はいなかった。行き場をなくしてあの町に流れ着き、たまたま父のところで働き始めたという人ばかりなのだ。日雇いの土木作業より、ほんの少し安定しているというだけで集まってきたに過ぎない。

だから、ほとんどの人が一人暮らしだった。あの町に集まってくる人たちは、たいていが何か理由を抱えている人たちばかりで、故郷にいられなくなったか、家族と暮らせない事情のある人ばかりなのだ。もっとも人が良さそうだった成田さんでさえ、娘さんの結婚式に顔が出せない身の上だというのだから、他の人も推して知るべしだろう。

そのせいだろうか、職人さんたちの間には、どこか擬似家族のような雰囲気があった。

みんなはいつも、私が学校に行く頃に家に集まってきて仕事に出かけ、夕方の六時過ぎに帰って来る。それから食事をしてから各々のアパートに帰るのだが、夕食の後、のんびりテレビを見ていったり、父の晩酌の相手をしていくことも珍しくはなかった。言ってみれば『家族団欒《だんらん》もどき』を楽しんで行くのである。

大介さんも初めのうちは一足先に帰ってしまうことが多かったが、職場の人間関係を考えたのか、夕食の後、しばらく私の家で過ごすことが多くなった。

私は心密かにそれがうれしかったのだけれど、私以上に喜んでいたのは弟だった。というのも、大介さんはとても楽しい人で、子供と遊ぶことが嫌いではなかったのだ。子供にはそういう人を、本能で見分ける力がある。

弟は何かと大介さんにまとわりついて、無理やりに好きなマンガを読ませたり、ゲームにつき合わせたりした。大介さんも気軽にそれに応じて、一緒に遊んでくれた。

弟と大介さんがよくやっていたのは、野球盤だ。パチンコ玉くらいの大きさの玉を発射装置から打ち出し、盤に固定された小さなバットで弾き返すゲームである。

私の家にあった野球盤は、ボールが転がる道筋の一部がレバー操作で引っ込む『消える魔球』の仕掛けがついているものだった。打つべき球が無くなってしまえば、いくらバットを回転させても打ちようがないはずだが、大介さんはなぜか、その魔球さえ打ってしまうのだ。

「なんで打てるんやぁ」

一球入魂の魔球を打たれるたび、弟は床を叩いて悔しがった。

「信雄くんは、玉を打ち出す時に力を入れ過ぎてるんだよ。だから、玉が魔球の穴に落ちる直前に一回跳ねてるんだ。そこを狙ってるのさ」

大介さんは丁寧に教えてくれたが、小学校の一年生だった弟は、よく理解できていないようだった。

大介さんとは、他にもいろんなゲームをした。今のようにテレビゲームのない時代だったので、盤ゲームやトランプが多かったが、その頃は、そんな風に子供と遊んでくれる大人はめったにいなかったので（たまたま私の家が、かもしれない）、弟は大喜びだった。

もちろん私も大介さんが好きになった。けれど、それは弟とは少しばかり違う感情だった。大介さんの笑顔を見ると耳が熱くなるような気がしたし、正面から顔を見られると、恥ずかしくて、つい目を逸らしてしまう。夜、ふとんの中で大介さんのことを考えると、膨らみ始めた胸の下でぼんやりとした火がともるような気がする——間違いなく、あれが私の初恋だったのだ。

「ねぇ、せっちゃん」

ある日、食事を終えたあと、台所で片付けの手伝いをしている私のところに大介さんが来て言った。母は居間で父と職人さんたちの話に入っていて、台所には私一人だった。

「信雄くんに聞いたんだけど、何だか面白いものを持っているんだってね」

すぐに妖精生物のことだとわかった。親しくなった人には、どんな秘密でも教えてしまうのが子供の常だ。

「俺にも見せてくれないかな」

正直に言うと私も、妖精生物を大介さんに見せたいとそれまでに何度も考えていた。けれどそうしなかったのは、何となく抵抗があったからだ。

その存在が母や弟の知るところとなった後も、私はあの遊びを続けていた。夏休みに入って自由な時間が増えたのをいいことに、ほとんど毎日のように、その生ぬるい生き物を掌に乗せていた。時には腕に乗せたり、スカートをたくし上げて、腿の上に乗せてみたこともあった。

私はその感覚がやましいものであると知っていた。人に見られたり、話したりしては絶対にいけないものだと知っていた。だから、そんな悦びに使っているものを大介さんに見せるのは、ひどく恥ずかしい気がしたのだ。

けれど直接頼まれては、とても断わることはできない。私は部屋から壜を持ってきて大介さんに見せた。

「へえ、珍しいクラゲだね」

妖精生物を見た大介さんは子供のように目を輝かせ、壜を引っくり返したり、揺すったりした。

「それ、本当はクラゲじゃないんよ」

私はその生き物を手に入れた時のことを、大介さんに話した。母にはきっと笑われるに違いないと思ったのに、なぜか大介さんなら、ごく当たり前に信じてくれるような気がしたのだ。

「妖精生物か……本当かどうかはわからないけど、確かにこんな生き物、今まで見たことがないな」

思った通り、大介さんは笑ったりはしなかった。

「砂糖水の中で生きてるっていうのも普通じゃない感じがするし、この裏側の模様なんて、まるっきり顔みたいに見えるものね。案外、本当に魔法使いの作ったものかもしれないよ」

大介さんはそう言いながら笑った。私でさえ信じなかったことを、信じたふりをしてくれようとする優しさが嬉しかった。

「でも、どうしてこんな小さな壜で飼っているんだい？　ちょっと窮屈そうだね」

壜を引っくり返しながら、大介さんは言った。

「大きい壜に入れると、その分だけ、かっちり大きくなってまうんやて」

「へぇ……でも、そう言われると、やってみたい気もするね」

そう言う大介さんの顔は、私のクラスメイトの男の子たちと何ら変わりないように見えた。

「たとえば、お風呂くらいの水槽に入れたりしたら、どのくらいの大きさになるんだろう……二十五メートルのプールだったら、鯨くらいに大きくなるのかな？　もしも海に放したりしたら、ゴジラぐらいに育つのかな」

私は象くらいに育った妖精生物の上に乗って遊ぶ自分の姿を空想した。そんなことができたら、どんなに楽しいだろう。

けれど、そんなに育っては大騒ぎになってしまうし、あの遊びもできなくなってしまう。高架下の男がしつこく注意していたくらいなので、やめておいた方がいいだろうと私は思った。

「せっちゃん、試しにやってみようよ」

けれどなぜか、大介さんは熱心に言った。今から思えば、子供に少しのお酒や煙草を勧める、悪い大人の悪戯心のようなものだったのかもしれない。

「もし大きくなり過ぎるようだったら、すぐにこの壜に戻せばいいんだから」

その言葉を聞いて、私はなるほどと思った。壜の大きさで体の大きさが決まるのなら、小さな壜に戻せば縮むはずではないか——どうして今まで、気がつかなかったのだろう。

私はさっそく母からいらなくなったインスタントコーヒーの大サイズ壜をもらい、きれいに洗って妖精生物を移し替えた。それまでの壜から、一気に二倍近く大きな物になったことになる。もちろん蓋には、大介さんに頼んで、キリでたくさんの空気穴を開けてもらった。

広くなった家を喜ぶように、妖精生物は活発に動いた。今まで見せたことがないほど素早く動いて、美しいパールの裏地や、ぼやけた星形の裏にある例の顔を何度も披露してくれた。

「やっぱり広い方がうれしいんだよ」

大介さんと私は、それこそ頬がつきそうなほど顔を近づけて、一緒にその壜を覗いた。ちょっと顔を横に向ければ唇が触れてしまいそうで、私は息苦しくてならなかった。

5

大介さんにマリンセンターに連れて行ってもらったのは、風が少し涼しくなったお盆の頃だ。私との約束が果たせないでいるのを気に病んで、母が大介さんに頼んでくれたのだ。大介さんもマリンセンターに行ってみたかったらしく、二つ返事で引きうけてくれた。弟も一緒だったのはうっとうしかったが、それは仕方のないことだった。

うれしいことに、母は新しい水着も買ってくれた。全体は鮮やかな赤で、腰まわりにはミニスカートのような白いフリルがついている。胸元と肩紐が繋がっている部分には白い飾りボタンがつけられていて、女の子らしいデザインだった。シーズンの終わり間際で安くなっていたものだが、まるで自分のために売れ残っていてくれたのではないかと思えるほど、私はその水着が気に入った。

「せっちゃん、可愛いね。テレビのスターみたいだよ」

私の水着姿を見た大介さんは、少し大げさなくらいに褒めてくれた。私は恥ずかしいのと誇らしいので、胸がいっぱいになった。

マリンセンターはテレビの宣伝で見るよりもずっと大きく、楽しいところだった。初めて体験する『流れるプール』が、私にはとても面白かった。

あらかじめ友だちに聞いていた通り、私はちゃんと浮き輪を持って行った。それに体を通して流れるプールに入ると、何もしなくても前に進んで、とても愉快なのだ。弟も同じように浮き輪を持って行き、流れるプールに浮かびながら声を立てて笑っていた。

大介さんは私と弟の浮き輪に代わりばんこにつかまって、一緒に流れた。子供用の浮き輪なので大した浮力はなく、大介さんがつかまると、そこから沈みかけた。何度かやっているうちに、抱き合うくらいに体を寄せると、かろうじて大介さんがつかまっても沈まないということがわかった。

けれど大介さんは気を使っていたのか、弟は平気で抱きしめるのに、私はなかなか抱いてはくれなかった。仕方がないとは思ったが、私は少し寂しかった。

「俺、ちょっと一人で行ってくるわ」

しばらくして、弟が言い出した。わがままな弟は、とにかく何でも自分のペースでやってみたがるのだ。

「だめだよ、一人で行っちゃ」

母から私たちを頼まれている大介さんは、初めは渋っていた。けれど、流れるプールは弟の背が立つほどの深さしかないし、監視員がまわりに何人もいるので、万一ということは、あまり起こりそうになかった。もし迷子になったら水から上がって待っているという約束をして、大介さんは弟の単独行動を許した。

二人きりになると、大介さんはごく自然に私を抱きしめてくれた。浮き輪を間に挟んで、大介さんは私の肩の上からたくましい腕を回して、覆い被さるように私を抱きしめた。私は鼓動が早くなるのを感じながら、大介さんと肌を合わせ続けた。

とてもとても、幸せな気分だった。なぜだか、そうしているだけで泣きたくなるような、胸が苦しいような気がした。

「せっちゃん、妖精生物、あれからどうなった？」

二人で流れながら、大介さんは聞いてきた。

「すごく大きくなったわ」

コーヒー壜の中の生き物の姿を思い出しながら、私は答えた。

大きな住み処に移った妖精生物は、わずかの間に大きく成長した。それまでせいぜい五、六センチくらいだったものが、二日もたたないうちに、倍近い大きさになったのだ。

それに気づいた時、私はなぜだか怖くなった。手に負えなくなるという高架下の男の警告が思い出されて、慌ててそれまで使っていた壜に戻そうとした。

けれど、もはやそれはできなかった。あまりに急に大きくなってしまったために、前の壜には収まらなくなってしまったのだ。無理に入れても、壜の縁から体の端がはみ出して蓋が閉められない。

私は恐る恐る、一人の部屋で例の遊びを試してみた。以前なら掌にちょうど乗るくらいの大きさだったその生き物は、指先から少しはみ出るぐらいにまでなっていた。

いつもの感覚が、ずっと早く訪れた。やはり体が大きくなると、吸い上げる力も強いのだろう。私は首筋に鳥肌が立つのを感じながら、その生ぬるい生き物を壜の中に戻そうとした。だが体が大きくなっているために、壜の口に入れるのが難しかった。

その間にも、あの感覚が続いていた。しだいに私はトイレに行きたいような気分になり、知らず知らずのうちに両方の腿をぴったりと合わせ、歯を食いしばっていた。

不意に、体が浮きあがるような感覚が訪れた。妖精生物から流れこんでくる電気のような感覚が、私の心を体から押し出そうとしているように思えた。

その時、その生き物を放り出せば良かったのだろう。けれど私にはできなかった。そのかわり、なぜだか亀のように身を縮め、目を堅く閉じたのだ。

爆発——やがて訪れた感覚を、そう喩《たと》えるのは少し乱暴かもしれない。けれど、そういうのがもっとも正しい気がする。私の心はどんどん高いところに連れて行かれ、そのてっぺんで花火のように破裂したのだ。

私はどうにか妖精生物を壜に戻したが、すぐに蓋をする余裕はなかった。しばらくその場で丸くなって、その激し過ぎる感覚の余韻の中にいた。ただひたすら、今の自分を誰も見つけないように……と思う気持ちでいっぱいだった。体中に汗をかき、かなりの間、私は身動きがとれなかった。

「今度、俺にも見せてよ」

私とプールを流れながら、大介さんは言った。

「ダメや。見せられん」

私はその腕の中で、答えた。

「何で？」

「何でもや」

そう答えた時、私の目の前をトンボが横切って行った。

その時の大介さんと私のように、大きいトンボが小さいトンボを抱きしめていた。


私たちは、夕方近くまでマリンセンターで遊んだ。

風が冷たくなってきて、水の中にいた方が暖かいと思えるくらいに涼しくなった頃、ようやくプールから上がった。塩素で目が渋くなり、太陽を見ると、そのまわりに虹が見えた。

帰り道、駅の近くの小さな店で、大介さんはお好み焼きを食べさせてくれた。大阪には、やや小ぶりなお好み焼きを店先で焼いて売っている店がたくさんあって、子供たちは今で言うファストフードのような感覚で食べていた。

「あぁ、今日は楽しかった」

私と弟は店先の縁台に並んで坐って、お好み焼きを齧った。さんざん遊んで体の塩分が抜けていたのか、甘辛いソースがとてもおいしかった。

「また来年も、連れてきてな」

弟が、私の言いたいことを代わりに言ってくれた。

「来年か……来年はちょっとわからないな」

コーラを飲みながら、大介さんは答えた。

「え、なんで？」

「来年まで、せっちゃんたちの家で働いているかどうか、わからないからね」

私が言ってほしくないことを、大介さんはさらりと言った。その言葉は、とてもつれなく聞こえた。

「そんなん言うたらイヤや」

私は半ば愛想笑いを交えて、大介さんに言った。

「いや、俺は親方がいいって言う限り、働きたいとは思うんだけどさ。どうも俊明さんに嫌われているみたいで」

大介さんは少し暗い顔で答えた。俊明というのは、例のジロウさんのことだ。

古株のジロウさんが、何かにつけて大介さんに突っかかっているというのは、私も母から聞いていた。

大介さんの仕事を手抜きだの何だのと言いがかりをつけては、何度もやり直しをさせていると か、見込みがないの足手まといのと、父に耳打ちまでしているのだという。大介さんは、そんなジロウさんにウンザリしているに違いない。

私はジロウさんを憎く思った。どことなく父も大介さんを気に入っていないようなので、変なことを吹き込まれたら、辞めさせられてしまいかねない。

私はもう大介さんと離れたくなかった。このまま私が大きくなるまで大介さんが家にいて、そしていつの日かお嫁さんにしてくれたら、どんなに幸せだろう……と思っていたのだ。

「ジロウさんはな、きっと大介さんに焼モチを焼いているんよ」

「ははは、何で俊明さんが俺なんかに」

私の言葉に、大介さんは明るい笑い声で答えた。

「大介さんは来たばっかりやのに、うちらが大介さんの方が好きやからや」

本当は、私が、と言いたかった。

「そうやそうや、お母ちゃんも、大介さんはカッコエエって言うとるで」

弟が私の言葉に乗った。

「だって俺、見ちゃったもん。お母ちゃんが、大介さんのシャツ抱いて匂い嗅いでるの」

その言葉を聞いた時、私の頭の中は真っ白になった。

その頃はコインランドリーというものもなかったので、うちで働いている職人さんたちは、洗濯も私の家でしていた。たいていは洗濯機だけ使い、それを持ちかえって自分のアパートで干すのだが、時々は母がすべてやってしまうことがある。

大介さんのシャツを抱いて、それに顔を埋めている母の姿が、なぜか私には、はっきりと見えたような気がした。

「あほ」

思わず私は弟の頬を張った。

「何すんのや」

どうして殴られたのかもわからず、弟は目を丸くした。

ちょうどその時、私たちのすぐ目の前を、一台のパトカーがけたたましいサイレンの音を立てて通り過ぎて行った。かと思うと、その後ろをさらに二台、追いかけるように走って行く。

「何かあったのかな」

幸いそのサイレンの音にごまかされて、弟の言葉は大介さんの耳には届いていなかったようだ。私は胸を撫で下ろした。

パトカーは思いがけず近くに止まった。私たちがいたお好み焼き屋からほんの百メートルほど行ったところにある、Y駅の前だ。

「行ってみよう」

私に頰を張られたこともころりと忘れて、弟が目を輝かせて言った。子供が好奇心の塊であることは、今も昔も変わらない。

「何かイヤやな。飛びこみ自殺かなんかやったら、どうすんねん」

私がそう言い終わらないうちに、弟はすでに立ちあがり、駅の方に走り出していた。仕方なく私と大介さんも、そのあとを歩いて行った。

「女の人が捕まっとるで」

今でこそ豪華な駅ビルが建って当時の面影は見るべくもないが、その頃のY駅は、改札が二箇所しかないような小さな駅だった。駅前のロータリーにパトカーが三台並んで止まり、弟のようにサイレンの音に呼ばれた野次馬たちが、あっという間に集まってきていた。

「若い女が、ロッカーに赤ん坊を捨てよったって」

いったいどこから広まってくるのか、野次馬の輪の中にいるだけで事情がわかった。

「赤ん坊は死んどるらしいで」

「人殺しや」

体が小さいのをいいことに、弟は野次馬の垣根をどんどん分け入っていった。私は思わず、大介さんのたくましい腕を摑んだ。

人の頭の間から、駅前の交番に止まっているパトカーが見える。その向こうに、男物の上着を頭から被った女の人の姿が見えた。これからパトカーに乗せられて、警察署に連れて行かれるに違いない。

野次馬たちは若い女と言っていたが、顔はまったく見えなかった。ただ、その人は赤いミニのワンピースを着ていて、その短い丈からのぞく白い足だけが、私の目に焼きついた。

自分の子供を殺してロッカーに捨てた女——私には、その足の白さが妙に艶《なまめ》かしく映った。

「ひどい話だね……赤ちゃんを殺して、ロッカーに捨てようとしていたんだって」

大介さんはあきれたような口調で言った。

「……うち、怖いわ」

気がつけば、私は大介さんの手を握っていた。強く力を込めて握ると、大介さんも強く握り返してくれた。

6

九月の半ば、大介さんは私の家から去って行った。

大介さんがいるのなら自分が仕事をやめると、ジロウさんが言い出したのだ。自分よりもチヤホヤされるような人間とは、一緒に働きたくないというわけだ。

私はその心根を貧しく思い、ジロウさんを軽蔑した。けれど父の仕事面では、なくすわけにはいかない人であるのは確かだった。足を不自由にして以来、父は仕事の上で完全にジロウさんに頼り切っていたからだ。

「短い間だったけど、楽しかったよ」

最後の夕食の後、大介さんは部屋にいる私にお別れを言いに来た。小学校の運動会の前日だった。

「運動会、来れる？」

「うーん、行きたいのは山々だけど、もう親方たちと顔を合わせるのは辛いからね」

祖母の番をほんの数時間だけ休んで、母も父と一緒に運動会を見に来るつもりだった。ヒマを持て余している職人さんの何人かも、来てくれることになっていた。

「見に来てくれるって言うたやん」

「ごめん。ごめんね、せっちゃん」

大介さんはそう言って、しきりに頭を下げた。私はリレーの選手に選ばれていて、その姿を大介さんに見てもらいたかった。

結局、大介さんが自分と遊んでくれていたのは、家で働いていればこそだった。家の仕事を止めてしまえば、すぐに他人に戻ってしまう仲なのだ——私には、それが寂しくてならなかった。

明くる日、私は仮病を使って運動会を休んだ。水銀体温計をふとんで擦り、三十八度の熱を出したことにしたのだ。

「言われてみたら、顔が赤いわね」

私の額に手を当てながら、母は眉をひそめて言った。人間の感覚なんて、いい加減なものだと思った。

私は自分から休みたいとは言わず、むしろ、リレーの選手だからどうしても行くと言い張った。母はその幼い計略にまんまと引っかかって、家で寝ているように言った。

今から思えば、それは大介さんをやめさせたことへの、私なりの抗議だったのかもしれない。クラスの友だちには迷惑をかけるが、どうしても走ったり踊ったりする気分にはなれなかったという理由もある。大介さんが去っていったことが、私をそこまで虚無的にした。

弟が学校に行くのにわずかに遅れて、父や母たちも出かけて行った。母は私の分のお弁当を置いて行き、弟の出番が終わったらすぐに帰ってくるからと言った。

私は祖母の近くに敷いたふとんに横になり、大介さんのことを思って泣いた。声を放って泣いたところで祖母にはわからなかったろうが、それでもふとんを頭からかぶって泣いた。途中眠たくなって、少しだけ本当に眠ったりもした。

いったい何時頃だったろうか——私はふと目を覚ますと、唐突に妖精生物のことを思い出した。大介さんのことで頭がいっぱいで、私はうっかりその世話を忘れていた。本当なら、二日前には水を取り替え、砂糖を入れておかなくてはならなかったのだ。熱などまったくない私は、慌てて壜を持って台所に行った。

妖精生物を壜から素手ですくい出し、何気なくいつものように掌に乗せてみた。心なしか、弱っているようにも見えた。

「ごめんな、ほったらかしにして」

私がそう言葉をかけた時だ。

掌の上で妖精生物が、まるで痙攣するように動いた。その瞬間、私の背筋に熱さにも似た感覚が走った。

私は思わず手を振って、その生き物を台所の板の間の上に落としてしまった。水の染みたハンカチを叩きつけたような音が響いたかと思うと、痛みを感じているかのように、その生き物は床の上でびくびくと体を震わせた。

私は自分の掌に残る感覚に怯えた。

それは、すでに馴染んでいるはずの感覚だったが――いつもより何十倍も強くなっていたのだ。

その生き物が飢えているせいなのか、掌に乗せた瞬間に、いきなり今までの限界点に達するような強さの感覚が、私の全身を貫いて行った。十歳の少女には、強過ぎる甘美だった。

やがて床の上の妖精生物が、ぴぴぴ、ぴぴぴっと小鳥のような声をあげた。その声も以前より大きく、少し低くなっているように思えた。

私は大慌てでコーヒーの壜を洗い、水を満たして砂糖を溶かした。早くその中に入れてあげようと、私は床の妖精生物を拾い上げた。直接触らないように、菜ばしを使って。

その時だ。

私の中に、奇妙な考えがよぎった。子供の悪戯心《いたずらごころ》だったのか、大介さんがいなくなった心の荒みのためなのか――なぜそんなことを思いついたのか、今となっては少しもわからない。けれど、私はその思いつきを試してみたくてならなくなった。多少の危険はあるかもしれないが、慎重にやれば大丈夫だという根拠のない自信があった。私は壜に妖精生物を戻すと、そそくさと部屋に戻った。

部屋には祖母がいた。深い皺の刻まれた顔を覗き込むと、かすかに目が開いて、瀬戸物のように光をはね返す黒目が見えた。起きているのだ。

口元がゆっくりと開いたり閉じたりして、乾いた舌が見える。水を欲しがっているサインだ。私が吸飲みの先を差し入れると、祖母はまるで赤ちゃんのように口をすぼめて水を飲んだ。傾け過ぎるとむせるので、喉の動きには十分注意しなければならない。

飲み終えると、祖母は満足げに深く息を吐いた。

「おばあちゃん、これ、おもろいんやで」

私はそう言って祖母のふとんをめくりあげ、かさかさに乾いた右手を外に出した。まさしく枯れ木のように、その腕は細かった。私は壜の口を開けると、その掌の上に、そっと妖精生物を乗せた。

その瞬間、祖母が大きく目を見開いた。

ほんの数秒のうちに、土気色をした頬がみるみる赤味を帯びていく。無音で叫ぶように口を開き、色の悪い舌を突き出した。

祖母はスプリングで動く首振り人形のように、頭を小刻みに左右に振り始めた。なおもそのまま見ていると、頬だけではなく目のまわりと人中《じんちゅう》のあたりが、同じように赤くなっていく。

「うおおおおん、うおおおおおん」

やがて祖母は口を大きく開けて、苦しげな声をあげた。

おしめを知らせる時の声とは違い、奇妙な抑揚がついていた。さっき自分が感じたものと同じ感覚を、今、祖母は感じているのだと私は悟った。

「はひっ、はひっ、はひっ」

そう表現する以外にはない声を祖母はあげた。体全体が細かく震え、足がぴんと伸びて、両方の親指をせわしく擦り合わせている。

私は慌てて、祖母の掌から妖精生物を取った。同時に祖母の体は、すべての力が抜けたように一気に弛緩した。

私は妖精生物を壜に戻し、祖母を観察した。薄い胸はせわしく上下し、穴のような目から小さな涙の粒を流していた。さっき水を飲ませたばかりなのに、あっという間に口が乾いたのか、生臭い口臭が立ち上っている。

このまま祖母が死んでしまうのではないかと思えて、少し不安になった。けれど時間が経つに連れて、どうにか落ちつきを取り戻してくれたので、私は胸を撫で下ろした。

ほっとした瞬間、自分では何もできなくなった祖母の中に、あの感覚を感じる機能が残っているのだということが、私には何だかうとましく思えた。

7

大きな地震が起きる直前に犬や鳥が騒ぐという話は、子供の頃から知っていた。きっと動物には人間にない予知能力があるのだろうと思っていたのだが、先日、あるテレビ番組でその秘密に言及しているのを見た。

地面の下で巨大な岩盤がぶつかったり押し合ったりすることで、地磁気に乱れが生じる。人間の身には何も感じられないが、敏感な動物たちはその乱れをすばやく察知して、いつもと違った行動を取る……ということだった。

その考え方が正しいとするのなら、火事になる家からネズミが逃げ出すという話はどうなのだろう。やはり不幸が起こる家は、何かが乱れるものなのだろうか。

今から思えば、そのネズミのように、私はやがて訪れる不幸を心のどこかで察知していたような気がする。けして後付けで言うのではなく、あの頃、確かに家の中が、以前とどこか違っているように思えてならなかった。どことは言えないまでも、家の中の空気が、少しずつ少しずつ変わっていたような気がしたのだ。

きっと大介さんがいなくなってしまったからだろうと、その時の私は思った。

一緒に過ごしたのは二ヶ月にも満たない時間であったのに、私は本当に大介さんに夢中になっていた。一緒にゲームで遊んだことや、マリンセンターで過ごした日のことを思い返しては、悲しい気分になった。その日々が確実に昔になっていくことも、やりきれなくてならなかった。

そんな風に思いつめていたからだろうか、ときどき学校から帰ってくると、家の中に大介さんの気配のようなものを感じることがあった。そんなはずはないのに、仕事から帰ってきた大介さんが、私の家でくつろいでいったような錯覚を感じたのだ。

けれど、それは私の思い込みではなかった。

あの日のことは、どれだけ時が流れようと忘れたことはないし、これからもきっと頭を離れてはいかないだろう。私が薄々感じていた不幸が静かに訪れた、あの秋の日——。

その日、私は目覚めた時から体の変調を感じていた。体もだるく、ふとんから出るのが億劫でならなかった。その前日、一日中雨が降っていて気温が下がったので、風邪でもひいたのかもしれないと思った。

そのことを告げると、母はわずかに顔を曇らせた。熱をはかると、いつもよりわずかに上がってはいたが、病気というほどではなかった。母は私に救急箱の中の風邪薬を飲ませ、学校に行ったら、きっと良くなると言った。

私自身も、そんな大げさには考えていなかった。雨あがりの秋空は高く晴れあがり、風も爽やかだった。母の言う通り、学校に行って普通に過ごしていれば、少しくらいの不調は忘れてしまえるような気がした。

少し遠い現場なので、いつもより三十分ほど早く父たちが仕事に出た。そのあと、私も弟と一緒に家を出た。

けれど、やはりダメだった。

一時間目の授業はどうにか乗り切れたものの、時間が経てば経つほど調子が悪くなってくる。腰のあたりが妙に重たくて、お臍の下あたりに、何か熱の塊のようなものがこもっているような気がした。

二時間目の休み時間、トイレで自分の中から出てきた鮮血を見て、私は怯えた。

（あぁ、これが……）

すでに女の子だけを集めた授業で知識は得ていたが、こんなにも早く自分にそれが訪れるとは、やはり思ってもみなかった。私は自分勝手に、チリ紙を当てればほんのり血がつく程度なのだろうと想像していたので、その量の多さが怖かった。もしかしたら習っていた出来事ではなく、体の中の何かが壊れてしまったのではないかとさえ思ったものだ。

私は保健室に行き、その処置の仕方を教わった。下着には血がついてしまったので、学校に置いてあったものを借りた。

「病気やないけど……どうする？　しんどかったら今日は帰った方がええかな」

母と同じ年くらいの保健の先生は、優しく尋ねた。初めて迎えた変調に私は少し参っていた。早く家に帰って、母に介抱してもらいながら横になりたいと思った。

「これから毎月のことなんやから、早う馴れるんよ」

担任の先生に渡す早退届を書きながら、保健の先生は穏やかな口調で言った。こんなうっとうしい思いをしなければならないなんて、女は損だと思った。

私は一人、家路についた。時間はまだ十一時前で、ランドセルに学帽姿で歩いていると、何だかそれだけで恥ずかしかった。自分の体に起こったことを少しでも悟られまいと、私は意味なく空咳したりしながら歩いた。

足取りも、どうしてもゆっくりになった。足の間の生理用品が気になって、普通の速度で歩けなかったからだ。落ちたり外れたりするのを恐れて、それこそ私は父のような、不自然な歩き方になっていたに違いない。

やがて私はバス通りにたどり着いた。その先にある橋の手前の角を曲がれば、家のある路地に出られる。もうすぐだ——私がホッとした気分になった時だ。

その路地から飛び出してきた女の人が、すぐ目の前を小走りに過ぎて行った。赤地に黄色や紫の花柄がついたワンピース姿で、その袖は提灯のように大きく膨らんでいた。ミニ丈のスカートから伸びた素足が、秋の陽射しにまぶしく感じるほど白かった。

もっとも印象的だったのは、その人が笑顔を浮かべていたことだった。口元から白い歯が覗き、きれいにそり返った睫毛に飾られた目元が、きらきらと潤んでいる。楽しくてたまらない何かが、きっとその人を待っているのだろう。

（お母ちゃん……）

その人は母だった。

いつもとあまりに違う雰囲気にすぐに気づけなかったが、一度気づいてしまうと、どこから見ても母だった。

母は手に赤い大きな鞄を下げていた。その鞄にも、私は見覚えがあった。父が棟から落ちた時に数日間入院したが、その準備の際に使ったものだ。鞄は、その時以上に膨れていた。

なぜだか見てはいけないものを見てしまったような気がして、私は思わず近くの電柱の陰に身を隠した。

ほんの数メートルの場所にいる私にまったく気づかず、こちらに背を向けて、母は小走りにどんどん遠ざかって行く。ミニスカートのすそが風に震えて、まるで妖精生物の襞のようだった。

そこから伸びた白い足が本当にきれいで、娘である私でさえ、つかのま見とれてしまったものだった。母はあんなに美しい足をしていたのかと、初めて気づいた。

母はバス通りでタクシーを拾い、まるで追手から逃げるような勢いで乗り込んだ。その勢いが移ったかのように、タクシーはドアを閉めるや否や、かなりのスピードで走り出した。

私はぼんやりとその場に立ったまま、そのタクシーが遠ざかって行くのを見ていた。母はそれきり、家には戻ってこなかった。

数日後、母は大介さんとどこかの町へ逃げたのだと、父から教えられた。

学校から帰って来た時、ときどき大介さんの気配を感じたのは錯覚ではなかった。実際に大介さんは、仕事を辞めたあとも家にこっそり来ていて、母と秘密の関係になっていたのだ。

そして母はすべてを捨てた。父も、祖母も、私も、弟も——すべてを捨てて新しい世界に行ってしまった。

私は捨てられた——家という、大きなコインロッカーの中に。

それからすでに三十年以上の時間が流れたが、あの日以来、私は一度も母に会っていない。どこでどうしているのか、まったく聞いたこともない。

できれば、とびきり不幸になっていたらいいと思っている。

8

母が家を出てから十日ほどが過ぎた、激しい雨の日曜日だった。

台風のような天気だというのに、父も弟も朝からどこかへ出かけていた。きっと家にいたくない気分だったのだろう。私もどこかに行きたかったが、祖母を一人にするわけにはいかなかった。だから、家の中は静かだった。ただ庭先に置きっぱなしになっている足場用の金属パイプが、激しい雨に叩かれて耳障りな音を立て続けていた。

祖母のおむつを取り替えた後、トイレで糞便の始末をしながら私は思った——妖精生物を殺そう、と。

「この子は、飼っている家に幸せを運んでくれる生き物なのさ」

あの日、高架下の男はそんなことを言っていた。私は真に受けこそしなかったが、心のどこかで、本当にそうだったらいいと思った。

その言葉通り、妖精生物は幸せを運んできた。ただし、母にだけだ。そして母のその幸せは、私を含めて、家族の不幸せであった。

そんなものかもしれない。

すべての人間が幸せになれることなど、この世には、きっとありはしないのだ。誰かの幸せの陰には、必ず誰かの不幸せがある。幸せというものの多くは、たいていどこか歪んでいる。

そう考えれば、その生き物を恨むのは筋違いだったかもしれない。けれどあの時の私は、そうでもしなければ、とてもおさまらなかった。突然訪れた不幸せの責任を、誰かに取ってもらいたくてならなかった。

私はいつもの壜を台所に運ぶと、中から妖精生物を取りだした。掌に乗せてしまうと、あの感覚に心がとらわれてしまうと思ったので、わざと乱暴にまな板の上に叩き落とした。例のファンシーなマンガのような笑い顔を見せながら、妖精生物はまな板の上でうごめいた。

私は流しの下から菜切り包丁を取りだすと、何の躊躇もなく、その笑い顔の真ん中に刃を叩きこんだ。思いがけずゴムボールのような弾力があり、包丁が押し戻された。

それでもニコちゃんマークのような模様の真ん中に、一筋の切れ目が入った。その部分がわずかにそり返り、黄土色の液体が滲み出てくる。なぜか花のようないい香りが、あたりに立ちこめた。

もう一度刃を叩きこもうと包丁を振り上げた、その瞬間だった。

その部分の皮には、きっと強い張力がかかっていたのだろう。切れ目の部分から左右に引っ張られて、薄い皮がシャッターのように、しゅるるっと捲れあがった。

目の前に現われたそれを見て、私が叫び声をあげたか否かは、まったく記憶していない。ただ手にした包丁を、思わず放り出してしまったのは確かだ。

ニコちゃんマークの下に、もう一つの顔があったからだ。

そんな風に見える、という程度のものではない。明らかに人間の顔——それも皺だらけで、性別の判断もつかない老人の顔だ。

リカちゃん人形サイズのその顔は赤く充血し、私に対して怒りを剝き出すように、口元を醜く歪めていた。どんよりとした目を見開いたり細めたりしながら、まるで呪いの言葉を吐いているようにも見えた。口の中には米粒ほどの乱杭歯《らんぐいば》まで並んでいて、息の漏れるような音が間断なく続いていた。

激しい恐怖が、私の全身を通り過ぎていった。見たくないと思っても、不思議と目は、その老人の小さな瞳に吸い寄せられた。

私は無我夢中で包丁を拾うと、その小さな顔に何度も何度も刃を叩きこんだ。小さな老人の顔から、驚くほど大量の黄土色の液体が噴き出した。私はさすがに耐えられなくなって、二歩三歩と後に下がった。

「ははははははっ」

突然、妖精生物は笑った。低くしゃがれた、老人そのままの声で。

「はははははっ、はははははっ」

まな板の上で体をくねらせながら、その生き物は笑い続けた。私は思わず耳を押さえたが、それでもはっきりと聞こえるほど、その声は大きかった。

「うわーっ！」

やがて、私は負けないくらいの声を張り上げて、その生き物を両手で鷲掴みにした。熱い糊のようなぬるぬるとした感触が、指の間に染みこんできた。

そのまま靴も履かずに、勝手口から外に飛び出した。すさまじい雨がたちどころに私のすべてを濡らしたが、それでも私は泥の道を走り、路地を抜けた。

その途中、右手の薬指に鈍い痛みが走った。見ると小さな老人の顔が、汚い歯を剝き出しにして、指の付け根の皮膚に嚙みついているのだ。それを見た瞬間、私は卒倒しそうになったが、必死に幼い気力を振り絞って走り続けた。

やがてたどり着いたのは、町中のドブの水が流れこんでいる川だった。いつもは油の膜に覆われているその川面も、激しい雨に打たれて、すりガラスのようになっていた。私は橋の途中で立ち止まると、眼下の川めがけて、その得体の知れない生き物を叩きつけた。

「どっかに行ってまえっ！」

どぶん、と重たげな音を立てて、妖精生物は深緑色の水の中に消えた。水泡がわずかに立ち上ったが、激しい雨がすぐにそれを壊し、水面はすりガラスに戻った。

その後、その生き物が浮かんでくることはなかった。私は肩で息をしながら、長い間、川を見ていた。ようやく我に返ると、両手が黄土色の粘液にまみれているのに気づいた。

私はそっと顔を近づけて、その匂いを嗅いでみた。生臭い、胸が悪くなるような匂いだった。

それが、男性が放つ体液の匂いにそっくりだったと気づいたのは、ずっと後年になってからだ。

その後のことを語るのは、きっとたいした意味もないだろう。

祖母は私が二十歳を過ぎるまで生きた。私は中学を卒業した後、上の学校に進むことなく、ただずっと、その世話と家事に追われなければならなかった。

母に去られた父は、みじめなほど弱い性格になった。日ごと強気になっていくジロウさんを押さえることもできなくなり、実質的には会社を乗っ取られてしまったようなものだった。それでも看板を上げ続けることが自分のすべてとでも思っていたのか、仕事だけは絶対にやめようとしなかった。

ジロウさんの鼻息はますます荒くなり、祖母の死の前後、私は彼に力で体を奪われた。父はそれに怒りを示す気概さえなくしていて、あまつさえ私に結婚を勧めた。私はそれを受け入れるしかなかった。たった一度で、別の命が私の中に息づいてしまったのだから。

それからの日々は、暗い沼の中に沈みこんだようなものだった。子供と年老いた父、まったく愛情の涌《わ》かない夫のために、ただ息を潜めるような毎日を送っていた。弟は設計の専門学校まで行かせたが、卒業すると、さっさと家に見切りをつけて出て行ってしまった。今は母同様、どこでどうしているか誰も知らない。

「お母ちゃんは、なんでいつも男の人みたいな頭しとるのん？」

かつて娘に、そんなことを聞かれたことがある。昔、母がしてくれたように、その髪をきれいに束ねてあげている時にだ。

「髪、伸ばしたらええやん。お母ちゃん、きっと似合うで」

「そのうち、な。そのうち伸ばすわ」

母に捨てられて以来、私は一度も髪を伸ばしたことはなかった。いつも立つほどに短くして、確かに男のようだ。けれど、きっとこの先も伸ばさないだろう。

私は今、生まれ育った町からほど近い、大きな川のほとりにある古いマンションに住んでいる。木造と鉄筋の違いがあるだけで、狭苦しい家であることは昔と変わらない。

三人の子供の母親となったが、まだ小さな末の娘は、今も私と同じふとんで眠っている。今夜のように妙に目が冴えて眠れない夜、娘の小さな寝息を聞きながら、私はあの奇妙な生き物のことを思い出す。

忌まわしいと思いながらも、なぜか私は、あの生き物の感触が懐かしくてならない。幼い日に感じた甘美が、恋しくてならない。あの日以来、私の体は一度も同じ高みに昇ったことはないのだ。

あの生き物は、今はどうなっているのだろうか。

おそらくは死んだはずだが、あるいはもしかすると、今もどこかで生きているのかもしれない。あの濁り水の川を流れて、やがては海にたどり着いて——。

そう思った時、あの老人の顔をもつ禍々《まがまが》しい生き物が、暗い海の底で際限なく大きくなり、この国のまわりをゆらゆらと漂っている姿が、なぜだか頭に浮かぶ。

その老人が乱杭歯を覗かせながら、聞こえない声で私に語りかけてくる。日ごとに衰えていく肌と体を嘲笑うように。

(その幸せでいいのか?)

(今ならまだ、別の世界に行けるぞ)

(今ならまだ……)

その声に耳を傾けていると、このまま老いさらばえて行く自分の中の女が、哀れでならなくなってくる。

やがて私は苦しくなって、横で寝息を立てている娘の頰に、そっと口づける。

明日、捨てるかもしれない子供の頰に。

摩訶不思議

「世の中、不思議なもんやなぁ」

それがツトムおっちゃんの口癖だった。なけなしの百円で始めたパチンコで大勝ちしたり、競馬でガチガチの本命を外したり——いいことでも悪いことでも、思いがけない出来事に出会うたびに、そうつぶやいていたものだ。

本当にその通りだと、アキラは思う。

確かに世の中、わからないことばっかりだ。三日前まで元気だった当のおっちゃんが、今は棺桶の中に寝かされている。これが不思議でなくて、何だというのだろう。

アキラは白木作りの立派な祭壇の前に立った。今のおっちゃんの写真がろくになくて、二十五歳くらいの頃のものが飾られている。けれども、その表情は照れ臭そうな薄ら笑いで、今と少しも変わらない。

(おっちゃんは昔っから、顔に締まりがなかったんやな)

この写真を見て、若い頃の三船敏郎に似ていると言う人がいるが、この顔をどういじれば『荒野の素浪人』の渋い侍に似るのか、それもわからなかった。どちらかと言うと、この間総理大臣になった田中角栄を若くした感じ……という方が正しい気がするが。

棺桶についている小さな扉を開けると、やはりどことなく薄ら笑いを浮かべたような、おっちゃんの顔が見えた。眠っているようにしか見えないけれど、両方の鼻の穴に綿が詰められ、喉元も動いていないから、死んでいるのだとわかる。

（ほんまに死んでまうんやな、人間って）

頭ではわかっていたけれど、まさかおっちゃんで確かめることになるとは思いも寄らなかった。本当に人間の運命はわからない。

おっちゃんはお父ちゃんの弟だ。もう三十歳をいくつも過ぎているのに、ろくに働きもせず、いつも昼間からぶらぶらしている遊び人だった。

けれどアキラの住んでいる町では、そういう大人はさして珍しくもない。まだ日の高いうちからどて焼きの店で一杯引っかけたり、朝からずっとパチンコ屋で過ごしたりしている人間が、ごまんといる。

アキラは、おっちゃんが大好きだった。ガミガミと口うるさいお父ちゃんよりも、おっちゃんといる方がずっと楽しかった。ときどき喫茶店やスマートボールに連れて行ってくれるからじゃない。何だか馬が合うというのか、まるで大きな友だちのような気がしていたからだ。

「アキラちゃん、どや？　おっちゃん、ええ顔しとるやろ」

突然すぐ耳元で女の人の声がして、心臓が止まりそうなくらいに驚いた。いつのまにか自分のすぐ後ろに、黒い服を着たカツ子さんが立っている。

カツ子さんは、おっちゃんと一緒に暮らしていた女の人だ。二重瞼の小さな目と大きい口のせいで、どことなく『ガラモン』という怪獣に似ている。髪にモジャモジャのパーマをあてているからなおさらだ。

「おっちゃんはハンサムやから」

「そういう意味やないよ」

アキラの言葉に、カツ子さんは少しだけ笑顔を見せた……かと思うと、急にポロポロと涙をこぼし始め、蹴飛ばされた犬のような声で泣き始めた。おっちゃんが死んでから、カツ子さんはずっとこんな調子だ。

「ほんま、この人ついとらんわ。何もこんなアホな死に方せんでもええのに」

確かにおっちゃんの死に方は、普通ではなかった。酔っぱらって足元がふらふらのまま歩道橋を渡ろうとして、階段から落っこちたのだ。

その落ち方がいけなかった。

一部始終を見ていた氷かき屋台のおばちゃんの話によると、階段を上り詰めたところでおっちゃんは体をふらつかせ、大きく後ろにのけぞったそうだ。落っこちまいと両腕をグルグル回したけれど、そのまま後ろでんぐり返りのような状態で、一気に下まで転げ落ちたという。そして最後に、アスファルトの地面に一人バックドロップ。頭の鉢が割れて噴水みたいに血が出たのを見て、おばちゃんは腰を抜かしてしまったという。

お父ちゃんからその話を聞いた時、アキラも一瞬気が遠くなった。まだ九年ほどの人生の中で、そんな凄まじい出来事は初めてだったからだ。死んだのがおっちゃんでなければ、特大のアホやと笑っていたに違いないが。

「ホンマにもう、イヤんなるで。ウチはこれから、どうしたらええの」

顔をくしゃくしゃにしたカツ子さんが、涙と鼻水をいっぺんに流しながら、喉の奥から絞り出すように言った。アキラは振り返って、お母ちゃんの姿を探した。カツ子さんが泣き始めたら、とても自分では相手ができない。

黒い着物姿のお母ちゃんは、もうすぐ始まるお葬式のために忙しそうに働いていた。その背中にしばらく視線を送っていると、テレパシーが届いたのか、ひょいとこちらに顔を向けた。よく気の回る浪速女だけあって、すぐに事情を察してこちらにやって来る。

「カッちゃん、もうすぐお坊さんも来るよって、顔直しとき。口紅も何も、全部とれてるやんか」

お母ちゃんはカツ子さんの肩を摑んで、そっとおっちゃんの棺桶から引き離した。

その声は優しげだが、本心は違うのだとアキラは知っていた。労務者相手の安食堂で働いているカツ子さんのことが、お母ちゃんは昔から好きではなかったのだ。

「あの女、ろくに手伝いもせえへんで、いつまでグジャグジャ泣いとんねん。邪魔臭いわ」

ゆうべのお通夜の後も、吐き捨てるような口調でそう言っていた。そんな本心をきれいに隠して、あんなに優しい声が出せるなんて、それも不思議と言えば不思議なものだ。

「アキラは二階に行って、そろそろヒロミを呼んでき。服、ちゃんと着せるんやで。あと三十分くらいで始まるからな」

お母ちゃんに言われて、アキラは葬祭用の部屋から出た。

葬儀場は三階建ての、ずいぶん立派な建物だった。ぱっと見にはちょっとしたホテルのようで、玄関をくぐると寒いくらいに冷房が利いている。ロビーから廊下までずっと赤い絨毯が敷いてあって、歩く音がほとんど聞こえなかった。

「立派やろ？　市が契約しとってな、役所に勤めてたら、安く葬式できるんやで」

昨日初めて来た時、お母ちゃんがどこか自慢げな口調で教えてくれた。たぶんおっちゃんは、こんな立派な建物には縁がなかっただろう。だから、最後にここで葬式をしてあげられるのはいいことだとアキラは思った。

「アキラちゃん、アキラちゃん」

妹と従兄弟たちがいる二階の控え室（ゆうべは、みんなでそこで寝たのだ）に向かう階段の途中で、不意に声をかけられてアキラは立ち止まった。あたりを見まわすと、階段の下に白いブラウス姿の女の人が、幽霊みたいに立っていた。カオルさんだ。階段の陰に身を隠すようにして、そっと手招きしている。

カオルさんは、おっちゃんのもう一人の恋人だ。駅向こうの小さなスナックで働いていて、カツ子さんと同じくらいの年だけれど、ずっとスマートできれいだった。どことなく、歌手のちあきなおみに似ている。いつもお化粧の匂いをぷんぷんさせているが、少しも不愉快に感じないのは、自分にもこの町の男の血が流れているからかもしれない。

「あの人、どんな風や」

カオルさんは声を潜めて尋ねた。

「……死んどる」

「何言うてんの、そんなん当たり前やんか。ええ顔で死んどるかってことや」

「あ、そういうこと。うん、ええ顔やって、みんな言うとる」

「そか……そら良かったわ」

ヒサシのように長い付け睫毛に挟まれたカオルさんの目が、溶けかかった氷のように潤んでいた。

「カオルさんも行ったらええやん。もうすぐ坊さんも来るんやて。すぐそこの蓬萊の間や」

アキラが言うと、カオルさんは悲しげにうつむいて首を振った。

「お別れを言いたいのは山々やけどな、あん人には奥さんがおるやんか。ウチがしゃあしゃあと顔出すわけには行かんわ」

届を出していないので、正確にはカツ子さんは奥さんではない。けれど、もう十年以上も一緒に住んでいるんだから、同じようなものだろう。

(そう言えば、おっちゃんにも言われとったな)

カオルさんの働いているスナックは昼間は喫茶店もやっていて、おっちゃんに何度も連れて行ってもらった。二人が特別な仲だということは、初めてカオルさんに会った時にすぐにわかったが、その帰り道、こんな風におっちゃんに釘を刺された。

「アキラ、カオルのことは絶対誰にも言うたらあかんで。もしカツ子の耳に入ったら血の雨が降るからな。男と男の約束や」

そう言って笑うおっちゃんが妙にかっこよく感じられたのも、やっぱりこの町の男の血というものだろうか。

何はともあれ、そのおっちゃんの言葉は真実だ。もし今のカツ子さんにカオルさんの存在がばれたら、本当に血の雨が降るだろう。

「そこでな、アキラちゃんに頼みがあんねん。これ……誰にも見つからんように、あの人のお棺に入れてくれへん？」

そう言いながらカオルさんは、ハンドバッグから白い小さな包みを取り出した。チリ紙を板ガムくらいの大きさに畳んで、輪ゴムで縛ってあった。

「これ何？」

「アキラちゃんは知らんでええの。ほら、最後にお棺に花を入れるやろ？　そん時、ちゃちゃっと入れてえな」

受け取った包みは軽く、指で押しても何の手応えもなかった。よほど小さくて柔らかいものが入っているのだろう。

「ちゃんとやってくれたら、ホットケーキ食べさしたるから」

断われる頼みではなかった。アキラは包みをポケットに押し込みながら、深くうなずいた。

「でも……本当にええの？　おっちゃんの顔、もう見られなくなるんやで」

「私は日陰の女やさかい」

付け睫毛をパチパチさせながら、カオルさんは歌の文句のようなことを言った。

2

長いクラクションを鳴らした後、おっちゃんを乗せた霊柩車が走り出した。集まっていた人たちが、一斉に手を合わせる。お父ちゃんはマイクロバスの中から、焼香に来てくれた役所の人たちに向かって、忙しく頭を下げていた。

やがて葬儀場の玄関を出た霊柩車は、遠く見える通天閣に背中を向けるように左折した。八月の強い陽射しに、金メッキの飾りがぎらぎらと輝く。

(大好きやった通天閣ともお別れやな、おっちゃん)

蒸し暑いマイクロバスの中で、アキラは小さくなっていく通天閣を振り返りながら思った。もう横丁の将棋屋に行っても、賭け将棋に目の色を変えているおっちゃんを見つけることはできないのかと思うと、どうしようもなく寂しかった。

「まぁ、これで終わったも同然やな」

マイクロバスの中には親族しか乗っていないのをいいことに、お父ちゃんはネクタイを緩めながら大きな声で言った。

「あんな立派な葬式で人生を締めくくれたんや。ツトムさんも喜んでるやろ」

お父ちゃんの隣りに坐っているお母ちゃんが、ガーゼのハンカチで額の汗をぬぐいながら答える。

確かに立派な葬式だった。祭壇も豪勢だったし、坊さんのお経も長かった。けれど、あの葬式はおっちゃんのためというより、本当はお父ちゃんのためのものだったろう。やって来たお客のほとんどは役所の人ばかりだったし、お母ちゃんもそっちの相手ばかりしていた。よくわからないが大人の世界というのは、そういうものらしい。

「俺が死んだら葬式なんてやらんと、ぱっぱと燃して、灰だけ淀川にバラ撒いてくれたらええ」

ずっと前に、おっちゃんがそんなことを言っていたのを思い出す。だからあんな立派な祭壇に祭られたのを、棺桶の中でこそばゆく思っていたかもしれない。

「暑いのう、まるで蒸し風呂や。運転手さん、クーラーつけてや」

さっきまでの腰の低さと打って変わった口調で、お父ちゃんが言った。

「一応、入っとるんですけどね」

「これで入ってるんか？　ケチケチせんと一番強くしてや」

「これでいっぱいですねん」

ずっと年上のバスの運転手さんが申し訳なさそうに答えたが、お父ちゃんは聞こえよがしに舌打ちした。役所の上役にはペコペコするくせに、いつもタクシーの運転手さんやお店の人には威張る。こういうところは、自分の親ながら好きではなかった。

「しゃあないのう。焼き場にはすぐ着くんやろ？」

「十分もかかりませんわ」

その時ちょうど信号で、霊柩車が止まった。そのすぐ後ろにマイクロバスも止まる。

ふと横を見ると、自分と同じくらいの年の男の子たちが、虫捕り網を持って歩いて行くのが見えた。こっちの方をチラチラ見ながら、誰もが両手の親指を握りこんで隠している。

ふとアキラは、自分はどうするべきなのだろうと思った。目の前に霊柩車が走っている限り、ずっと手を握っていなければならないのだろうか？　そんなことをしていたら、すぐに掌が汗臭くなってしまいそうだ。

（そんなことより、問題はこっちや）

アキラはそっとポケットの中に手を入れた。そこにはカオルさんから頼まれたチリ紙の包みが、そのまま残っていた。

（どないしよう、これ）

カオルさんに言われた通り、おっちゃんの棺桶に花を入れる時、そっと入れるつもりだった。けれど、お父ちゃんとお母ちゃんが、じっと自分の手元を見ているのに気がついて、とても入れられなかったのだ。きっと役所の偉い人の前で息子が何かヘマをしないかと、見張っていたのだろう。

結局、包みを入れるチャンスを見つけられないまま、棺桶の蓋に釘を打たれてしまった。もう、どうにもならない。

（カオルさんに、何て言えばいいんや）

ホットケーキを食べさせてもらえないことなど、どうでもいい。頼まれたことをきちんとできなかった自分が、どうにもドン臭い人間のような気がして仕方なかった。

やがてバスは街中を出て、どんどん人気のない道へと進んでいった。セイタカアワダチソウが繁っている空き地の間を通り抜けると、突然、広大な墓地が現われた。右も左も墓だらけで、何だか少し怖い気がした。正面には高い煙突のついた建物が見えて、そこが火葬場であることは間違いなかった。

「兄ちゃん」

同じように煙突を見つけたのか、隣りに坐っている妹のヒロミが、内緒話をするような小声で話しかけてくる。

「あそこが焼き場やろ？」

「たぶん、そうや」

「あそこで、おっちゃんを燃してしまうんやろ？」

「まぁ、そうやな」

「そしたら、おっちゃんには、もう会えなくなるんやね」

どこか困ったような妹の顔を、アキラはまじまじと見つめた。

ヒロミはまだ五歳で、幼稚園のすみれ組だ。人が死ぬということがどういうことなのか、きっとよくわかってないのだろう。

「大丈夫や。おっちゃんの体は死んでもうたけど、心は残っとるで。お空の上から、ちゃんとヒロミを見とるから」

「それってオバケかいな」

「オバケとはちゃうよ」

そう答えた時、ふいにマイクロバスが止まった。もう着いたのかとアキラは顔をあげた。

確かに火葬場のすぐ目の前だったが、まだ中には入っていなかった。背の低いコンクリートの門があって、その十数メートル手前でバスは止まっていたのだ。

「どうしたんや」

お父ちゃんが運転手さんに尋ねた。

「さぁ、どうしたんでしょう。前の霊柩車が急に止まりよって」

「順番待ちかいな。繁盛しとって結構やな」

滅多に冗談など言わないくせに、たまに言ったら笑えない。お父ちゃんにはお笑いの才能がまったくない。

マイクロバスの前には、おっちゃんを乗せた霊柩車が止まっている。だが、その前には何もなく、順番待ちをしているようにも見えなかった。

「何で行かんのや」

一分ほど待ったあとで、お父ちゃんがいらだった声で言った。大阪人は、グズグズするのが一番嫌いだ。

「ほんまに、どうしたんでしょうね。ちょっと聞いて来ますわ」

運転手さんのすぐ後ろに坐っていた葬儀屋の人がバスを降りて、前に止まっている霊柩車の運転席を覗きに行った。しばらく何か話し合うのが聞こえたかと思うと、霊柩車の運転手さんまで車を降りるのが見えた。

「車がイカレてもうたんかしら」

運転手さんたちが霊柩車の前に回るのを見て、お母ちゃんが言った。それに応えて、お父ちゃんが忌々しげにつぶやく。

「見かけはピカピカやけど、きっとオンボロなんやな」

しばらくすると、おっちゃんの写真を抱いて霊柩車に乗っていたカツ子さんが、マイクロバスに乗って来た。

「何やわかりませんけど、車が動かんらしいですわ」

「もうちょっとやっちゅうのに、間ぁ悪いのう」

お父ちゃんは何か不味《まず》いものでも食べたような顔で車を降りていくと、葬儀屋の人たちと何やら話し始めた。

「暑うてかなわんわ。ちょっと外に出よか」

お母ちゃんはハンカチで額をパタパタ扇ぎながら席を立った。お父ちゃんが煙草に火をつけるのを見て、時間がかかりそうだと思ったのだろう。アキラやヒロミが後に続くと、他の親類たちも、ぞろぞろとバスを降りる。

「いったいぜんたい、どうしたんや」

親類たちは霊柩車を取り囲んで、口々に文句を言った。

「何や、ほんまにもうすぐやないの」

奈良から来た叔母さんが、霊柩車の前を見て言った。その言葉通り、霊柩車の鼻先は、まさに火葬場の門の一歩手前で止まっていた。そこを過ぎると大きなロータリーになっていて、窯のある建物までは、ほんの二十メートルほどだ。

「何や知らんけど、ここまで来て急に車が動かんようになったらしいんや。エンジンがかからんのやて」

鼻からハイライトの煙を噴き出しながら、お父ちゃんは言った。その間に霊柩車の運転手さんが再び運転席に乗りこみ、何度もキーを回したが、エンジンは年寄り犬の唸り声のような音を立てるばかりで、まったくかかる様子がなかった。

「きちんと整備してないんやろ。ちょっと見してみい」

車の整備工場で働いている親戚のヒデオさんが、俺の出番やと言わんばかりに前に出た。運転手さんはぺこぺこと頭を下げながら、車のボンネットを開けた。

だがヒデオさんが十分近く調べても、車には何の異常も見つからなかった。その間に火葬場の係の人と葬儀屋さんが、お父ちゃんを交えて何やら話し合っていた。

「ほんまでしたらね、このロータリーを一周してから窯の方に行くんですわ。そこをちょっと省かしてもろうて、このまま車を押して行って、入り口につけるんでええですかね」

葬儀屋の人が応急処置のアイディアを出す。

「別にそれでもええけど、これはそっちのミスやってことは、ちゃんと覚えといてや。こっちは可愛い弟の葬式に、ミソつけられてもうたんやから」

お父ちゃんは、ここぞとばかりに鼻息を荒くしていた。葬式代を少し負けさせようという魂胆だろう。お父ちゃんがおっちゃんのことを可愛く思っているというのは初耳だった。ふだんから、あいつは家の恥や、いっそ死んでくれたらええのに……なんて言っていたものだが。

やがて火葬場の人が何人か集まってきて、おっちゃんを乗せた霊柩車の後ろを押し始めた。男の人が六人もいたので、普通に考えればサイドブレーキを外した車は、するする動くはずだった。けれど霊柩車はびくともしなかった。まるでセメダインでタイヤを地面にくっつけてしまったかのように、ほんの数センチも前に進まなかったのだ。

「何や、ちゃんとリキ入れとるんか」

業を煮やしたお父ちゃんと親戚のおじさんたちが、一緒になって霊柩車を押した。十五人近い男が力を込めても、不思議なことにタイヤはびくともしなかった。

「ちゃんとブレーキ外しとるんかぁ」

「車輪の軸がイカレとるんやないか」

「この金ピカの飾り、めっちゃ熱うなっとるでぇ」

みんなは口々に文句を言いながらも、八月の炎天下で霊柩車を押した。それでも車は動かない。

「まったく、最後の最後まで手間かけさせるやっちゃで」

たまりかねて黒い上着を脱ぎながら、お父ちゃんは言った。

「動かんもんは、しゃあない。もうええから、ここから棺桶を運んでまえ」

お父ちゃんが言うと、すぐに火葬場の人が給食の配膳台のような長台車を持ってきた。コンクリートの上を走っているので、ガタガタとやたら大きな音がする。

「ほんまに、すんまへんな」

葬儀屋の人はペコペコとお父ちゃんに何度も頭を下げていた。その間にガードマンのような制服を着た係の人が、霊柩車のすぐ後ろに長台車をつけ、棺桶を載せる準備をした。

「何でやねん」

みんなが汗を拭いている横で、霊柩車の運転手さんがすっとんきょうな声をあげる。

「何で開かないんや……ほんまに変やで」

「おい、今度は何や」

お父ちゃんが声を荒らげて尋ね、運転手さんが汗だらけの顔で答えた。

「今度は、ここの鍵が開きまへんのや」

霊柩車の後ろには、棺桶を出し入れするドアがついている。走っている最中に開いてしまわないように、それには鍵がついていた。見かけは頑丈そうだが、仕組みは物置やトイレのちゃちな鍵と変わらない。車体側についている金属の板を、ドア側の受け金具にはめ込むだけのものだ。たったそれだけの簡単なものなのに、その金属の板が、どうしても受け金具から外れないのだ。

「おっかしいなぁ。いつもは簡単にはずれるんやけど」

運転手さんは金属板を下から掌で叩いたりしたが、確かにそれはびくともしなかった。そこにいた親類一同が、顔を見合わせた。さすがに、ちょっと変だと誰もが思ったのだろう。

「おっちゃん、きっと燃されたくないんや」

アキラの隣りにいたヒロミが、無邪気な口調で言った。お父ちゃんの顔が一瞬引きつるのが見えて、アキラは慌てて妹の肩を叩いた。

「こら、変なこと言うたらあかん。おっちゃんは死んでもうたやろ。死んだ人は、燃されたくないとか考えへんのや」

「だって兄ちゃん、さっき言うたやんか。おっちゃんの心は残っとるって」

3

「ええか、アキラ。人生はタコヤキやで」

カオルさんのお店に、何度目かに連れて行ってもらった日のことだ。薄暗いお店の向かい合わせの席で、ビールを舐めるように飲みながら、おっちゃんは言った。

「またオモロイこと言おうと思て。何でタコヤキなん？」

粉っぽいオレンジジュースを飲みながら、アキラは尋ねた。

「冷めたら、いっこもうまくないやろ。アツアツ過ぎたら、ロん中が大ヤケドや。人生もそんなもんやで。お前にも、そのうちわかるわ」

もしかしたら、いいことを言っていたのかもしれないが、アキラにはただの笑かしにしか聞こえなかった。こんな風に、真面目なのか不真面目なのかわからないことを、おっちゃんはときどきポロリと言っていたものだ。

「それにな、扱い方にコツがいるのも一緒やで。楊枝一本やと、クルクル回って食べづらいわな。楊枝二本で横並びに刺したら、ＯＫやろ？」

「そんなん、当たり前や。どこの屋台でも楊枝二本くれるやんか」

「つまりタコヤキ屋の親父どもも、この人生の真理に気づいとったちゅうことやな。やっぱり関西人は偉大やで」

ビール小瓶一本でもう酔っ払ってしまっているのか、おっちゃんはいつも以上に陽気だった。

「タコヤキを食うのには、楊枝二本がええ。人生を味わおうと思ったら、女も二人おった方がええんや」

「何や、そっちかいな」

アキラは思わず噴き出した。何をご大層に言い出すかと思ったら。

「おっちゃん、カオルさんがめっちゃ気に入っとるんやな」

当のカオルさんはカウンターの奥で、何やら炒め物をしていた。その姿をちらりと見ると、おっちゃんの気持ちがわからないでもなかった。カツ子さんはぶくぶく太っているし、お化粧なんかもほとんどしない。どっちがいいと聞かれたら、どうしてもカオルさんに軍配があがってしまうだろう。

「でも、ちょっとはカツ子さんに悪いとか思わんの？」

カツ子さんが身なりに気をかけないのは、朝から晩まで労務者相手の安食堂で働いているからだ……とアキラは知っていた。そんなところでは、化粧もおしゃれもムダなのだ。働いているうちに声もでかくなるし、性格もきつくなる。けれどカツ子さんが働かなければ、高架下のアパートに住むことだってできやしない。おっちゃんはろくに稼がないのだから。

「アキラ、誤解したらあかんで。俺は楊枝二本って言うたやんか。どっちも同じくらいに大事やっちゅうことや。カオルも大事やし、カツ子も大事なんや」

そう言っておっちゃんは笑ったが、何だかうまい具合に誤魔化されているような気がしないでもなかった。

（あんなこと言うてても、やっぱりおっちゃんはカオルさんの方が好きやったんや）

火葬場の人に持ってこさせた金槌で、霊柩車の鍵を外そうと懸命に叩いているお父ちゃんの姿を見ながら、アキラは思った。

（葬式にカオルさんが来なかったのが、気に入らんのや）

霊柩車がエンストしたくらいまでなら、ただのめぐり合わせの悪さと思うこともできる。けれど、サイドブレーキを外してもびくともしないことや、棺桶の出し入れ口まで開かなくなったとなれば、偶然の一言で片付ける方が無理だ。もっともお父ちゃんは、その無理を通そうとがんばっているのであるが。

「すんません、あんまりガンガンやらんといてください。傷がつきますよって」

見かねた霊柩車の運転手さんが、お父ちゃんから金槌を取り上げようとした。

「何言うとんねん、こんなイカレた鍵をつけとる方が悪いんやろが」

お父ちゃんは体中汗だらけで、白いカッターシャツが背中に張りついていた。顔にも汗がびっしょりで、黒ぶちメガネのレンズが半分曇っている。

「鍵のせいとは違うんやないですか」

今まで平身低頭だった葬儀屋の人は、どこか強気な態度に変わっていた。

「だったら、何のせいやって言うんや」

金槌を地面に叩きつけながら、お父ちゃんが大きな声を出した。

言葉には出さなかったけれど、葬儀屋の人はきっとこう言いたかったのだろう——そらぁ、あんたの身内が往生際悪いからやろ。

何気ないヒロミの一言が、場の雰囲気を大きく変えていた。この不思議な出来事はすべて、おっちゃんの執念のなせる業だと誰もが信じこんでしまったのだ。

女の人たちは、お母ちゃんも含めて、離れたところで縮こまって事の成り行きを見守っていた。男の人たちはどうしていいかわからず、坊さんにもう一度経をあげてもらえだの、焼かずに土葬にしたらどうかだの、あまり役に立たない思い付きを話し合うばかりだった。

(おっちゃん、どうしてもカオルさんに会いたいんやな)

親類たちから少しはずれたところに立って、アキラは考えていた。

おっちゃんに心残りがあるとするなら、それしか考えられない。葬式にカオルさんが来なかったことが、きっと不満でならないのだ。

（頼まれた通りにこれをお棺に入れとったら、こんなことにはならんかったんやないか）

ポケットから例のチリ紙の包みを取りだし、ぐっと握り締めた。だが、今となってはどうすることもできない。

（どうしたらええのや）

アキラはあたりを見まわしてから、チリ紙を縛っていた輪ゴムを外した。薄くて小さいものだったら、どこかの隙間から中に入れられるのではないかと考えたのだ。

（何や、これ？）

慎重に包みを開くと、中には髪の毛のようなものが二、三本入っていた。カオルさんの髪にしてはずいぶん短いと思いながら、そっと顔を近づけてみた。

五センチほどのそれは妙につややかで、針金のように強そうだった。片方の先が尖っていて、全体がヘビ花火の灰のようにうねっている。

（これって、もしかしたら）

下の毛だ……と悟った瞬間、アキラ自身の鼻息がそれを吹き飛ばした。

「うわっ、うわっ」

アキラは見えもしないそれを慌てて摑もうとしたが、無駄な努力だった。まるで空気の中に溶けてしまったように、カオルさんの毛はどこかに消えた。思わず這いつくばって、地面を探す。

「アキラッ、あんた何しとんねん！　服が汚れるやろっ！」

お母ちゃんがヒステリックに叫び、さらにお父ちゃんが叫んだ。

「やかましいわっ！」

一番やかましいのはお父ちゃんだったが、無理はなかった。恙無《つつがな》くやって来た葬式が、ここに来てわけのわからない状態になってしまったのだ。そのうえ八月の太陽に照らされ続けて、お父ちゃんのイライラは最高潮だ。

「よし、もういっぺん押すで。みんな、ちょっと来いや。女も子供も、みんなや」

怒声混じりのお父ちゃんの指示で、みんなはしぶしぶ霊柩車のまわりに集まってきた。

「ここにいる全員で車を押すんや。ええか、せーの！」

親戚一同が霊柩車に取りついて、力を込める。

「ツトムさん、もう往生しなはれ」

「恨まんといてな」

「南無阿弥陀仏」

誰もが口々に何か言いながら車を押した。だが、やはりタイヤはびくともしない。

「すんまへん、後がつかえとるんですけど」

火葬場の係の人がやって来て、済まなそうに言った。おっちゃんを乗せた車が止まってから、かれこれ四十分近くが過ぎている。その間に二台、別の霊柩車が門をくぐっていた。

「車は動かん、ドアは開かんじゃ、どうにもならんやろ。そっちを先にやったってや」

お父ちゃんはぐったり疲れたように、その場にしゃがみこんだ。その姿に、アキラは胸がチリチリと痛むのを感じた。

（おっちゃんは、カオルさんに会いたいんや。カオルさんさえ、ここに来たらええんや）

そう言いたくてならなかったが、親戚の輪から一人はずれて泣いているカツ子さんの姿を見ると、その気は萎えてしまう。カオルさんの存在を知ったら、カツ子さんは今以上に泣くだろう。いくら何でもかわいそう過ぎる。

「ツトム、お前、ええ加減にせぇよ」

霊柩車の後ろにしゃがみこんだまま、お父ちゃんが小さな声で言った。

「どこまで人に迷惑かけたら気が済むんや。いっつもそうやったで、お前は。自分のしたい放題やって親父お袋泣かして……俺かてお前のために、何べん他人様に頭下げたと思うてんねん。ほんま、もうウンザリや。せめて往生際くらい良くせいや。なぁ」

振り絞るような声でそれだけ言うと、お父ちゃんはいきなり声を放って泣き始めた。お通夜の時だって泣かなかったのに、まるで子供のようにわんわん泣いた。

そんなお父ちゃんの姿は、とても見ていられなかった。アキラは思わず霊柩車に駆け寄ると、棺桶の出し入れ口を叩いて叫んだ。

「おっちゃん、カオルさんやろ？　カオルさんに会いたいんやろ？　今すぐ呼んで来るよって、ちょっと待っててや」

それを聞いたお父ちゃんが、涙と鼻水を流したままの顔をあげて言った。

「アキラ……誰や、カオルって」

4

カツ子さんは、戦う女の姿になっていた。

今まで濡れ雑巾のようにグニャグニャだった体に鉄骨が通ったように、背筋がピンと伸びている。顔は赤く鼻息は荒く、胸元が恐ろしい早さで上下していた。どう見ても、完全に頭に血が昇っている。

（いったい、どうなってまうんやろう）

タクシーから降りてくるカオルさんと、霊柩車の横に仁王様のように立っているカツ子さんの姿を交互に見ながら、アキラは唾を飲んだ。『キングコング対ゴジラ』という怪獣映画のタイトルが、ふっと頭をよぎっていく。

「本日はご愁傷様です」

何人もいる黒い背広の群れからきちんとお父ちゃんを見つけ、カオルさんは深々と頭を下げた。お父ちゃんが番号案内でカオルさんのお店の電話番号を調べ、すぐに来てくれるように頼んでから小一時間も経っていないのに、いつも以上にきれいにお化粧していた。そのせいか、初めてカオルさんに会ったお父ちゃんも、どこか照れ臭そうな顔だった。

「暑いところを、すんませんな。電話でお話しした通り、すっかり参ってるんですわ。車が動かんようになったのは、弟があんたに会いたがってるからやって、この子が言うもんですから」

この子が、というところで、お父ちゃんはアキラの頭を意味なく叩いた。

「私も本当は、ツトムさんにお別れが言いたかったんです。けど、きちんとしたお付き合いやないですから、ご家族が不愉快になられたらあかんと思いまして」

そう言いながらカオルさんは、ちらりとカツ子さんを見た。

（うわぁ、カツ子さん、ゴンタ顔や）

カツ子さんはすでに、遠慮なく敵意を剝《む》き出した顔になっていた。今にも飛びかかっていきそうな気配さえ漂っている。ああいう怖い顔を、大阪ではゴンタ顔というのだ。

その目がやがて、カオルさんからアキラの方に動いた。目が合った瞬間、背筋にぞぞと冷たいものが走る。隠れてカオルさんに会うお供をしていた自分も、カツ子さんから見れば同罪なのだ。アキラはそっとお父ちゃんの陰に隠れた。

「アキラちゃん、おばちゃんを思い出してくれて、ありがとう。おばちゃん、うれしいわ」

その視線から守るように、カオルさんはアキラの前に立って言った。優しげな口調だったが、朝、葬儀場に来たことは黙ってなさいよ……という無言の命令が含まれていることを、アキラはすぐに悟った。ついでに例の包みをお棺に入れられなかったことも、黙っていた方がよさそうだ。

「ツトムさん、来たで」

どこか芝居がかった雰囲気で霊柩車の後ろに立つと、カオルさんは金ピカの飾りのついた棺桶用のドアを撫でながら言った。

「ウチのこと、待っっててくれたんか……嬉しいで、ほんまに」

そう言いながらカオルさんは、付け睫毛で飾られた目から一筋二筋、涙をこぼした。まるでドラマを見ているような、感動的なシーンだった。

霊柩車の運転手さんが頃合を見計らって運転席に乗りこみ、キーを回した。

「おお、エンジンかかったで」

たった今目を覚ました動物のように霊柩車が身震いして、その場で見ていた親類や火葬場の人たちから、どよめきが起こった。同時にカツ子さんが、うわあっ！　と叫んで泣き崩れる。

（おっちゃん、それはあんまりやで）

しゃがみ込んで泣いているカツ子さんと、どこか誇らしげに立っているカオルさんの姿を見ながら、おっちゃんの薄ら笑いを思い出した。

いくらカオルさんが気に入っているとはいえ、これではあまりにカツ子さんがかわいそうだ。楊枝は二本とも大切だったのではないのか。

「よっしゃ、みんな、バスに乗るんや。ちゃんとロータリーを一周してもらおうやないか」

お父ちゃんは嬉しそうな口調で叫んだ。弟も冷たければ、兄貴も情け知らずだ。

今のうちだと言わんばかりに、親戚連中が大慌てでマイクロバスに乗りこんだ。カツ子さんだけがおっちゃんの写真を抱いたまま、その場にしゃがみ込んでいる。見るに見かねたのか、お母ちゃんが隣りに坐り込んで声をかけていた。アキラのところまで声は届かなかったが、カツ子さんが小さい子供のように、しきりに首を振っているのが見えた。

ところが、いざ出発という時——まるで何かが坂道を転げ落ちていくような音を立てて、再び霊柩車のエンジンが止まった。

「今度は、どうしたんや」

バスの先頭に坐ったお父ちゃんが、顔をしかめる。しばらくして霊柩車の運転手さんが窓から身を乗り出して、両手で大きくバツ印を作った。

「またかいな」

みんなは再び霊柩車のまわりを取り囲んだ。だが状況は、カオルさんが来る前とまったく同じに戻った。エンジンはかからないし、サイドブレーキを外して押してみても、まったく動かない。

「ツトムさん、もうワガママ言わんといて。みなさんが困ってるやないの。こんなん、あんたらしくないで」

カオルさんがまた霊柩車の後ろのドアを撫でながら、優しい口調で言った。その様子を見ながら運転手さんがキーを回したが、今度は何も起こらなかった。

「ほれ見い、こんな女じゃあかんのや」

みんなが疲れ切って口をつぐんだ瞬間を狙ったように、カツ子さんが言った。その場の視線が一斉に集まる。

「見かけはちょっといいかも知れんけどな、しょせんは酒場の年増女やないか。あん人が本気になるわけないわ」

それを聞くカオルさんの顔が、見る見る険しくなっていく。人の顔色があんなに素早く変わるのを、アキラは初めて見た。

「何言うとんの。あんたみたいに、ろくに身なりも構わん女が家でガミガミ言うとったら、ツトムさんかてたまらんわ」

「なんやてぇ」

飛びかかろうとするカツ子さんを、お母ちゃんがすばやく押さえつける。しかし明らかにウェイトで負けているため、完全に止めることはできなかった。

「何や、あんたなんか、あんたなんか……」

カツ子さんの手がカオルさんの髪を摑み、カオルさんの爪がカツ子さんの頬に食いこむ。

おっちゃんが言っていた通り、まさに血の雨が降り出そうとしていた。しかも最悪の場所で。

「違うんや、おばちゃん、違うんやでぇ」

アキラはあとさき考えず、二人の間に割って入った。こんな風になってしまった責任は自分にもある。そう思うと、とても黙っていられなかったのだ。

「おっちゃんは言うとったで。人生はタコヤキなんやて。ほんで二人はタコヤキの二本楊枝なんやて。どっちも大事なんや。おっちゃんはどっちも好きやったんや」

その言葉が二人の耳に届いていたかは怪しかった。集まってきた親戚が口々に騒ぎながら、それぞれを引き剝がしたからだ。

「どっちも大事なんやぁ」

その騒ぎの群れから弾き出され、アキラはわんわんと泣いた。自分がどうしようもなく無力で、ドン臭い人間のように思えて仕方なかった。

「兄ちゃん」

妹のヒロミが、その肩を叩いて言った。

「おっちゃん、もしかしたらヤヨイちゃんに会いたいんやないかな」

一瞬で場が静まった。みんなの目が、今度は妹に注がれる。

「誰や、ヤヨイちゃんて」

お父ちゃんが、おずおずとした調子で尋ねた。

「ダンゴ屋のお姉さんや。めっちゃきれいな人やねん」

自分の発言がどれだけ場の空気を凍らせているのかにも思い至らず、ヒロミはしれっとした口調で言った。

「そやそや、きっとおっちゃんはヤヨイちゃんに会いたいんやぁ」

カオルさんと同じようにお父ちゃんに電話で呼ばれ、タクシーでやってきたヤヨイさんは、まだ二十歳そこそこの女の人だった。ふっくらとしたホッペが印象的で、きれいと言うよりは可愛いと言った方がしっくり来る感じだった。やたらと大きな胸をしていて、ダンゴ屋の名前が入った白い割烹着のボタンがはちきれそうになっている。

「何やら、ツトムさんがみなさんを困らしてるんですってなぁ」

ヤヨイさんはタクシーを降りると、自分を睨みつけているカツ子さんやカオルさんには目もくれず、誰にともなく言った。

「あの、うちのツトムとはどういうご関係だったんでしょうか」

お父ちゃんは声をうわずらせ、小玉スイカが入っているような胸元に目を落としながら、ヤヨイさんに尋ねた。

「あら、ようそんなん聞くなぁ。好かんタコ」

ヤヨイさんはカラカラ笑いながら、まるで漫才のツッコミのようにお父ちゃんの肩を叩いた。まだ若いのに、おばさんのようなガラガラ声だ。

(ずいぶん面白い人やな)

そう思いながらカツ子さんとカオルさんの方を見ると、二人揃って険しいゴンタ顔になっていた。今にも二人がかりで飛びかかるのではないかと思える。

ヒロミの話によると、ヤヨイさんは駅前のダンゴ屋さんで働いている女の人だった。アキラがカオルさんの店に行く時のお供をしていたように、ヒロミもちょくちょくその店に連れて行ってもらっていて、すっかり顔なじみになっていたらしい。

「あいつ、何でそないにモテるんや」

その話を聞いた時、お父ちゃんは感心したように言った。それはアキラも思ったことで、金もなく風采もあがらないおっちゃんが、どうして三人もの恋人を持っていたのか、本当に不思議だった。

「話は電話で聞きましたけど、ずいぶん往生際が悪いみたいやないですか……まぁ、ここはひとつ、ウチに任してください」

そう言うとヤヨイさんはつかつかと霊柩車に歩みより、いきなり木のつっかけを履いた足で、後ろのバンパーを蹴り飛ばした。

「コラッ、あんた、何しとんねん！　みんなが困ってるやないか！　地獄でも極楽でも、とっとと行くとこ行かんかい！」

ガンガンと霊柩車を蹴り飛ばしながら、ヤヨイさんは叫んだ。葬儀屋の人だけは慌てて止めに入ったが、それ以外の人間はみんな度肝を抜かれて、ぽかんと口をあけて見ているばかりだった。

ほんの数十秒後に、不思議なことが起こった。運転手さんがキーを回してもいないのに、霊柩車のエンジンが突然にかかったのだ――まるでヤヨイさんの攻撃にたまりかねたかのように。

「ま、ざっとこんなもんですわ」

ぶるぶると身を震わせる霊柩車を見て、ヤヨイさんがにっこりと笑った。

「いやぁ、不思議なこともあるもんやなぁ」

その迫力に押されたように、お父ちゃんがしみじみとした口調で言った。

5

ヤヨイさんが来てから霊柩車はごく普通に動き、二時間ほど遅れながら、おっちゃんの火葬は恙無く行われた。カツ子さん、カオルさん、ヤヨイさんはそれぞれにおっちゃんのお骨を拾ってあげることができ、考えてみればいい結果と言えないこともなかった。

やがて九月になったが、暑さは少しも和らぎはしなかった。ある土曜の午後、学校から帰って来たアキラにお母ちゃんが言った。

「アキラ、田舎から、仰山ワカメ送ってきたわ。少しカッちゃんに持っていったり」

「カツ子さんに？」

葬式が終わった後の会食の時に、すさまじく泣き叫んで顰蹙《ひんしゅく》を買っていたカツ子さんを思い出し、アキラは足がすくむのを感じた。

あの日、カオルさんとヤヨイさんは仕事があるからと戻って行ったので、どうにか血の雨は降らずに済んだ。だが、もしそのまま二人が残っていたら、どんなことになっていたかわからない。

「またグジャグジャ言いそうやったら、置くだけ置いて、とっとと帰ってきたらええから」

あんなに嫌っていたカツ子さんを、お母ちゃんが気にかけているということも不思議に思えた。

仕方なく薪のようなワカメの束を受け取り、アキラは国電の高架線下にあるカツ子さんのアパートに向かった。

（カオルさんのことで、絶対何か言われるやろうなぁ）

おっちゃんの浮気を知っていながら隠していたのだから、何を言われても仕方がない。わかってはいるが、やはりどうしても足は重くなった。

ところが、だ。事態は本当に意外な方に転がっていた。

アパートに着いて狭い入り口で靴を脱ぎ、ぎしぎしと軋《きし》む階段を上っている間に、アキラは陽気な女の人の笑い声を聞いた。立ち止まって耳を澄ましてみると、間違いなくカツ子さんの声だ。誰かと楽しそうに話している。

（誰と話しとるんや？）

カツ子さんの家には電話がないので、話し声がしているということは、お客さんが来ているということだ。

二階に上がると、カツ子さんの部屋のドアは開け放されていて、薄い花柄のカーテンが風に翻っていた。おずおずとその前に立つと、狭い部屋の中で女の人が三人、楽しそうにちゃぶ台を囲んでいるのが見えた。

「……なんでやねん」

その光景を見た時、アキラは思わずつぶやいてしまった。カツ子さんとカオルさん、そしてあのヤヨイさんが、仲良く一つの大鉢からソウメンを食べていたからだ。

「アキラちゃんやないの」

ドアの前で呆然としているアキラに気づいて、カオルさんが嬉しそうに言った。

「ほんまに？　あらぁ、久しぶりやないの。入り入り」

カツ子さんが嘘のように明るい声で言った。

「暑かったやろ。ソウメン食べ」

カツ子さんがそう言うのと同時に、さっとヤヨイさんが立ちあがって茶箪笥を開け、ガラスの小鉢を一つ取り出した。そこに麵つゆを入れると製氷室の氷を放りこみ、箸でカラカラとかき混ぜてちゃぶ台の上に置いた。何だか、すごく息が合っている。

「さ、おばちゃんの横坐り」

カツ子さんが自分の横をポンポンと叩いた。アキラはワカメの束を持ったまま、ちょこんとそこに腰を下ろした。とても断われる雰囲気ではなかった。

(何でや？　いったい何があったんや？)

アキラがソウメンをすする間、女たちはまるで姉妹のように、仲良く話していた。どうしてこういうことになっているのか、不思議で仕方なかった。

「アキラちゃんが、何か言いたそうな顔しとるわ」

「そら、そうやわ。ほんまやったらウチら、殺し合ってもおかしないからな」

カツ子さんとカオルさんが、楽しそうに笑って言った。

「あの日、アキラちゃんも言うてたやんか。ウチとカオルさんはタコヤキの二本楊枝で、ツトムさんはどっちも大事やったんやって。そこに一本、楊枝が増えただけのことや」

「それやったら、フォークやないの」

「フォークでタコヤキ食うヤツがおるかいなぁ」

カツ子さんの言葉にカオルさんが乗っかり、ヤヨイさんが突っ込んだ。まるで『かしまし娘』

の漫才を見ているようだ。

「この子、ええ子なんよ。ツトムさんが気に入るのもわかるわ」

ひとしきり笑った後、カツ子さんがヤヨイさんを見て言った。

「あの時、この子がドヤしつけたら車のエンジンがかかったやろ？　アキラちゃん、あれどう思う？」

それはやっぱり、おっちゃんがヤヨイさんに一番会いたがっていたからだろう——そう思ったが、とても口には出せない。

「この子が言うんよ。あれは自分が来たから車が動いたんやない、ウチら三人が揃ったから動いたんやって」

「つまりツトムさんは、最後に自分の女をずらりと並べて、見送ってもらいたかったんやないか……って。それならいろいろ辻褄も合うし、ツトムさんらしい話やとウチも思うんよ」

カオルさんが長い髪をかき上げながら言った。

（うまいこと言うもんやな）

なるほど、そういう考え方もあった。正しいかどうかは、おっちゃんにしかわからないことであるが。

アキラは、ちらりとヤヨイさんを見た。ヤヨイさんもこっちを見ていて、まっすぐに目が合った。

（丸く収まるなら、何でもええかな）

そう思ったアキラの心を読んだように、ヤヨイさんは小さくウインクした。

ちょっと照れ臭くて、目を逸らす。ふとどこかで、おっちゃんの声が聞こえたような気がする

――アキラ、人生はタコヤキやで。

何のことやら、さっぱりわからん……と心の中で答えるかわりに、アキラは一言つぶやいた。

「世の中、不思議なもんやなぁ」

それから女三人に挟まれながら、ずずずっ、とソウメンをすすった。

花まんま

フミ子が生まれた日のことは、今でもしっかり覚えている。

その時俺は市立病院の待合室のテレビで、NHKの人形劇か何かを見ていた。少し前までは分娩室の近くで待っていたのだが、なかなか生まれないので、いい加減飽きてしまったのだ。

お父ちゃんは、すっかり落ちつきをなくしていた。病院の外に追いやられた灰皿と分娩室の間をせわしく行ったり来たりして、まるで時計の振り子のようだった。

「もう二時間になるわ。早う生まれんかな」

「二時間三十分や。いくら何でも、そろそろやろ」

「三時間過ぎたで。ほんまに大丈夫なんやろな」

お父ちゃんは俺の横を通って行くたびに、いちいち時間の経過を報告した。まだ三歳だった俺に何を言っても始まらないと思うのだが、それだけ舞い上がっていたのだろう。

母子手帳に書いてある記録の通りなら、六時四十五分だ。

看護婦さん（その頃は、そう呼んだのだ）に呼びつけられたお父ちゃんは、慌てて分娩室の前に走って行った。そこで短い会話を交わすと、やったぁ！　と叫んで、大きく一つ手を打った。そして競歩みたいな奇妙な足取りで俺のところに戻ってくると、細い目をいっぱいにひん剝いて言ったのだ。

「俊樹、生まれたで。女の子や。お前に妹が生まれたんやで」

正直に言うと、その時は全然ピンと来なかった。大したことなのだと悟ったのは、お父ちゃんの尋常ならぬ喜びようを見たからだ。

お父ちゃんは根っからのお調子者で、何でもかんでもふざけてしまうタチだった。口を開けば冗談ばっかりで、まぁ、漫才を子守唄にして育った純正大阪人なのだから仕方ない。

けれど、この時のお父ちゃんは今にも泣き出しかねないような顔で——いや、実際に涙を目にいっぱいためて、一生懸命に笑おうとしていた。やがて感極まったのか、俺の手を引いて病院の玄関から飛び出ると、大きな声でバンザイ！　と叫んだ。

その様子が、いつものお父ちゃんとあまりに違うので、これは喜ぶべきことなのだと俺は思った。だからお父ちゃんにも負けないような声で、一緒にバンザイ！　と叫んだのだ。

あとから聞いた話によると、このバンザイ二重唱は、分娩台でグッタリしていたお母ちゃんの耳にも聞こえたそうだ。

（市立病院やから、きつい病気の人も入院してはるのに……アホな親子やな）

俺たちの声を聞きながらそう思ったというのだから、女というのはシビアにできている。

やがて指示に従って、お父ちゃんと二人、新生児室の前でウズウズしながら待った。しばらくして若い看護婦さんに抱かれた赤ちゃんフミ子が連れてこられ、俺たちはガラス越しに初めての対面をした。

残念ながら、あまり可愛いとは思えなかった。まるで通天閣のビリケンさんみたいで、けったいな顔しとる……と思ったくらいだ。生まれたてホヤホヤの赤ちゃんは、大方そういうものだろう。

けれど、お父ちゃんは俺とは正反対だった。まるで金の塊を眺めているようなウットリした顔で、ガラス越しにフミ子を見ながら何度も何度も呟いていた。

「かわええなぁ……俺の娘や。こんな可愛いモンが、この世に他にあるかいな」

子供のためなら親はアホになるというけれど、あの時のお父ちゃんは、まさしくそれだったに違いない。今から思えば、あの瞬間こそ、お父ちゃんの幸せの一つの頂点だったと思う。

その二年後に、お父ちゃんは三十ちょっとの若さであっさり死んでしまった。長距離トラックを運転中に、高速道路の玉突き事故に巻き込まれたのだ。

きっと、さぞかし悔しかったことだろうと思う。あるいは、即死だったというから、そんなことを感じる間もなかったろうか。

それからはお母ちゃんが、女の細腕で家を支えることになった。自分の力で俺とフミ子を立派に育てて見せると決意して、きつい仕事を掛け持ちでがんばってくれたのだ。

生活は苦しかったが、親子三人で力を合わせる暮らしも、それなりに楽しかった……と、今なら思わないでもない。けれど、やはりそれは過ぎたから言えることで——俺たちが大きくなるまでには、本当にいろいろなことがあった。

特にフミ子のあの一件だけは、忘れたくても忘れようのない出来事だ。

2

たぶん兄貴というものは、この世で一番、損な役回りなのだろう。妹なんかいても、いいことなんか一つもない——子供の時、俺はよくそう思ったものだった。きっと、あの頃のフミ子の相手を一日すれば、誰だってそう思う。

二つか三つの頃は、あいつも本当に可愛かった。俺のことを〝兄やん〟と呼んで、おぼつかない足取りでついて来る姿を思い出すと、今でも顔がほころんでしまうくらいだ。黒目がちで愛嬌のある顔をしていて、トシキの妹って可愛いよな……と、友だちに言われると、自分のことを褒められるよりも嬉しかったものだ。

そのフミ子の様子がガラリと変わったのは、ある冬の夜を境にしてである。その時、確かフミ子は四歳だった。

その頃俺たちは、それまで住んでいた文化住宅を出て、小さなアパートの六畳一間で暮らしていた。お父ちゃんが死んで、高い家賃が払えなくなったからだ。

寝る時は親子三人、川の字だった。布団は二枚敷いたが、寒い日などは真ん中に寄り集まって寝た。俺もまだ小学校の二年くらいだったから、それでも十分に広かった。

その夜、俺は夜中にトイレに起きた。

お母ちゃんは仕事の疲れで、小さないびきをかいていた。寒そうな風が窓をガタガタと揺らして、布団から出るのが相当な苦行だった。

やっとの思いでトイレに行って戻ってくると、お母ちゃんの横で寝ていたフミ子が、突然むっくりと体を起こした。

「どうしたんや」

驚いて声をかけると、フミ子は寝ぼけたような顔で俺を見て言った。

「兄やん……フミ子な、前に、真っ暗なところにおったんよ」

「なんや、寝ぼけたんか」

たぶん変な夢でも見たのだろう、と俺は思った。

「フミ子な、真っ暗なとこでな、お風呂入っとった。ぷかぷか浮かんだり、沈んだりしとったんよ」

「お前、オネショしたんやないか」

そう思いながら布団に手を入れてみたが、濡れている様子はなかった。

「フミ子、そこで怖かったわ。お母ちゃんも、兄やんもおらんのやもん」

そう言うと薄暗がりの中で、フミ子はなぜだか笑った。にこっ、ではなく、にやぁ……という感じの笑いだった。

(何かヘンやぞ)

俺がそう思うか思わないかのうちに、フミ子はいきなり布団の上に吐いた。額に手を当てて見ると、まるでストーブのように熱い。慌ててお母ちゃんを叩き起こすと、目を覚ましたお母ちゃんは何の迷いもなく救急車を呼んだ。

フミ子はすぐさま入院ということになったが、病気そのものは、ただの風邪と診断された。三日ほどでけろりと治ったが、問題はそれからだ——退院してきたフミ子は、熱を出す前と、どことなく違う雰囲気になっていたのである。

夕方、薄暗くなった部屋で電気もつけずにボンヤリしていたり、何かにつけて塞ぎ込むようになった。俺やお母ちゃんが心配して声をかけると、どこか迷惑そうに眉を顰《ひそ》め、二言三言で済むような短い返事をした。好きだったお菓子もあまり食べなくなり、それまで毎日のようにしていた人形遊びも、ぷつりとやらなくなった——どれもが、以前のフミ子なら考えられないことだ。

「子供はな、熱出すたんびに賢くなんねん。心配せんでも大丈夫や」

同じアパートに住んでいた、一人暮らしのおばちゃんはそう言っていたが、そういうのとは微妙に違うように思えた。何だか一足飛びに精神年齢が高くなってしまったように、それまでの子供らしい可愛さが、きれいさっぱり、なくなってしまった感じなのだ。

「もしかしたら、熱で頭がどうかなったんかと思った」

のちにお母ちゃんは、この頃のフミ子にそんな疑いを持っていたことを白状したが、実は俺も同じように考えていた。そんなことでもなければ、こんなに変わるはずはない——幼い俺にもそう思えるほど、フミ子の変化は激しかったのだ。

ワガママが増えたのも、その頃からだ。

もっともワガママといっても、俺やお母ちゃんに駄々を捏ねるわけではない。そんな子供らしいワガママなら、むしろ歓迎したいくらいだ。

フミ子のワガママは違う。周囲の空気をまったく読まず、自分のしたいことを、したい時に、したいだけするのだ。子供はたいていそういうものだ……という意見もあるかもしれないが、フミ子の場合は、笑って済ませられる程度のものではなかった。

特に保育園から脱走した事件は洒落にならなかった。先生の目を盗むようにいなくなったものだから、気づいた時には大騒ぎだ。お母ちゃんは勤め先から呼び戻されるわ、警察に連絡が行くわ、市役所に放送までしてもらう始末だった。

みんなが目を三角にして探し回っていると、夕方になって、ひょっこり自分から保育園に帰って来た。どこに行っていたかと尋ねると、前にお母ちゃんと出かけた隣り町の公園が気に入ったので、そこに一人で行って来たというのである。途中には車がびゅんびゅん行き交う大きな道が何本もあり、よく無事に行って帰ってこられたと、みんなで言い合ったものだった。

そんなフミ子だから、いつも誰かしらが見ていなければならなかった。うちにはお母ちゃんと俺以外にはいないので、どうしてもその役目は俺に回ってくる。正直に言うと、それがたまらなくイヤだった。

フミ子は万事マイペースで、自分の好きなことしかやりたがらない。人に合わせようという気がまったくないので、気が向かなければ、どんな遊びに誘っても絶対に入らない。みんながタカオニだのかくれんぼだので遊ぼうとしても、一人で砂場に山なんか作っていたりする。

そのフミ子から目を離すなと言われれば、自分は友だちと遊ぶことはあきらめて、そのワガママに付き合い続けることになる。

たとえばフミ子は、あまり子供らしい遊びをしたがらなかったが、唯一の例外がおままごとだった。要はそこいらに生えている草や花を摘んできて、オモチャの茶碗やお皿に盛りつける遊びだが、もう小学校の中学年だった俺には、さすがにそれに付き合うのは辛かった。

けれどフミ子の作ったごはんを、木の枝の箸で食べる真似をしないと機嫌が悪くなるので、仕方なく俺は付き合い続けた。実際、そこを友だちに見つかって冷やかされたことが何度もある。

そんな風だから、俺はフミ子が嫌いだった。こんなヤツ、友だちなんかできるもんかと思った。そして実際、同い年の女の子たちはフミ子と遊びたがらないと聞いて、兄貴として複雑な気持ちになったりもした。

早死にしたお父ちゃんを恨めしく思うのは、そんな時だ。

お父ちゃんさえ生きていれば、うちはきっと、もっと普通だった。お母ちゃんはずっと家にいて、フミ子の面倒を見てくれたに違いない。そして俺は自分のやりたいことが、好きなだけできたはずだ。

そうだったらどんなにいいだろう……と、子供の頃はよく考えた。何もかも、お父ちゃんが悪いんだという気持ちになって、部屋の鴨居に飾ってある写真に向かって、あかんべえをしたこともある。

けれど、やがてはお父ちゃんの言葉を思い出して、結局は、がんばろうという気になってしまうのだ。

「ええか、俊樹。お前、今日から兄ちゃんになったんやで。どんな時でも、妹のことを守ってやらなあかん。それが兄ちゃんちゅうもんなんやからな」

フミ子が生まれた日に聞かされた言葉だ。

その時俺は、まだ四歳にもなっていなかったが、お父ちゃんのその言葉だけは、しっかり心に焼きついている。ビリケンさんみたいなフミ子をガラス越しに見ながら、俺はその言葉に、ちょっとばかり感動していたのだ。

しょうがない。兄貴や姉貴というものは、きっと世の中で一番損な役回りなのだ。

3

「兄やん、これ、何て読むのん？」

確かフミ子が、もうすぐ小学校に入学しようという頃だったと思う。ゲームウォッチに熱中していた俺のところに、フミ子が一枚の紙を持って来て言った。ゲームを止めてそれを覗きこむと、まるで何かの記号のようなものが書かれていた。

「なんや、これ」

紙を引っくり返したり斜めにしたりして、その記号が何を意味するのか俺は考えた。しばらくして、ようやく漢字で『彦根』と書いてあるのだとわかった。恐ろしく汚い字だったので、すぐに漢字だとは気づかなかったのだ。

「これは、ひこねって読むねん。町の名前や」

「ひこね……どこにあるのん」

「滋賀県や」

「海の近くやな」

「アホ、滋賀県に海はないわ。琵琶湖ならあるけどな」

「お城もある？」

「さぁ……あるんちゃうかな」

その頃はよく知らなかったが、彦根には、井伊直弼が住んでいた有名な彦根城がある。

「ひこねって、遠いんかな」

「むっちゃ遠いわ」

再びゲームを操作しながら、俺は答えた。

昔も今も、俺たちが住んでいるのは東大阪市だ。電車を乗り継いで行けば、彦根までは二時間弱の距離だろう。今なら特別遠いとは思わないが、当時にしてみれば、遥か彼方の町という印象が強かった。

その時は、どうしてフミ子がそんな遠くの町の名前を知っているのか、どうしてその町に関心があるのか、考えようとも思わなかった。だが、それから一年あまり後の春、俺はその町の名前が一生忘れられなくなる体験をするのだ。


フミ子が小学校に入ってから、俺の生活にも少しばかり余裕が出てきた。

どうやらフミ子にも友だちらしいものができ、ワガママの度合いも多少はマシになったので、四六時中、ついていなくても良くなったからだ。

俺はここぞとばかり、遊びまくった。学校から帰ったら、ランドセルを放り出してすぐに外に行く。休みの日は九時くらいには家を出て、それこそ昼飯を食べに帰ることさえ忘れて、ずっと飛び回る——まるで鉄砲玉のような毎日だ。

特にその頃は、発売されたばかりのファミコンが大流行していた。俺もその魅力にノックアウトされたクチで、誰かが新しいカセットを買ったと聞くと家に押しかけ、うまいことを言って取り入っては、たっぷり楽しませてもらったものだ。

その日も、俺は友だちの家で『ポパイ』や『ドンキーコング』、『マリオブラザーズ』をやりまくって、家に戻ってきた。フミ子が小学一年生の二月のことである。

帰ってきた俺の顔を見るなり、お母ちゃんが尋ねた。

「あんた、フミ子と一緒やないの？」

「いや、俺は桜井くんとこで、ゲームやっとった」

今もきっと続いていると思うのだが、俺たちが住んでいる町では、夕方になるとチャイムが鳴った。そろそろ暗くなるから、外で遊んでいる子供は家に帰るように……と親切に教えてくれるのだ。その時間は夏と冬では違っていて、日没が早いその頃は、確か四時ごろには鳴っていたと思う。

ただ、俺はいつもそれを無視していて、たいてい六時くらいまで遊んでいた。お母ちゃんが帰ってくるのは五時半過ぎだから、別にそれでも構わないのだ。

「てっきり、あんたと一緒だと思ってた……フミ子、どこに行ったの？」

「俺、知らんで」

その日、俺が学校から帰って来た時には、とうにフミ子の姿は見えなかった。俺より早く授業が終わるのだから、いつものことだ。机の上に赤いランドセルが置いてあったから、帰ってきているのは確かだった。俺は何の疑問も感じずに、そのまま友だちの家に行った。

「こんな時間まで帰ってこんなんて、ヘンやわ」

お母ちゃんの言う通りだった。外はすでに日が落ちて、真っ暗になっている。フミ子はワガママな子供だが、夕方のチャイムだけは必ず守るように……と、お母ちゃんに強く言われていた。

青ざめた顔で、お母ちゃんはフミ子の数少ない友だちの家に電話を掛けた。けれど、その日は誰もフミ子と遊んでいなかった。

「ちょっと、そこいらを見てくるわ。あんたは留守番しとき」

そう言い残して、お母ちゃんは外に出て行った。

(フミ子、どこに行ってもうたんや)

俺も、気が気ではなかった。それまでフミ子が、こんな時間まで帰らなかったことはなかったからだ。

(車に当たったんやないか)

(ヘンなヤツに、誘拐されたんやないか)

どうしても、イヤなイメージばかりが頭の中に浮かんだ。まさかとは思うものの、その可能性はまったくゼロとは言えないのだ。

遠くを走って行く救急車の音が、やたらと耳についた。今まさに、妹の身に悪いことが起こっているような気がして仕方なかった。

何か手がかりを探そうと、俺はフミ子の机の前に立った。入学した時に買ったその机は、まだ新品同様で、雑誌のオマケのシールをベタベタ貼ってある俺の机とは大違いだった。整理整頓されていて、とても小さな子供が使っているようには思えない。

やがて俺は、本棚の一番手前に挿してある自由帳に目を止めた。何かの福引でもらった、ハローキティの表紙のものだ。俺はそれを何気なく手に取って、表紙を開いた。

「なんや、これ」

俺は思わず、誰もいない部屋で呟いた。

小学一年生の女の子の自由帳といえば、たいていはヘタクソなお姫様が描いてあったり、犬とも猫ともつかない動物の絵が描いてあったりするものではないかと思う。

けれどもフミ子の自由帳には、そういうものが何も描かれていなかった。表紙から三分の一ほどは白いページが続いていたが、突然、途中のページに大きな文字が書かれていたのだ。

しげたきよみ　しげたきよみ　しげたきよみ
繁田喜代美　繁田喜代美　繁田喜代美

それは確かにフミ子の字と思えたが、不思議なのは、知らないはずの漢字まで書かれていたことだった。繁という字も喜という字も、まさか一年生では習わないだろう。

その文字は、何かを見ながら書いたという感じではなかった。ちゃんと書きなれた人が、スラスラ書いたという印象だ。

たとえば、それが自分の名前なら、習っていない漢字が書けたりもするかもしれない。だからフミ子が『加藤』の藤の字が書けたとしても、別に驚きもしない。

だが、その繁田喜代美という名前は、いったい誰なのだろう。女の人の名前だということはわかるが、聞き覚えがまったくなかった。フミ子の担任の先生の名前でもない。

俺は何とも不可解なものを感じながら、自由帳のページをめくった。また数ページの白いページが続いて、再び文字が現われた。ちょうどノートの真ん中だった。

向かって右側に、三人の名前が書いてある。その中の一人は『かとうとしき』、つまり俺で、あとの二人は『きょうへい』に『ゆうこ』――お父ちゃんとお母ちゃんだ。

左側には、聞き覚えのない人の名前が並べられていた。『しげたひとし』、『しげたハナ』、『しげたこういち』、『しげたふさえ』、そして最後に再び『しげたきよみ』。

察する限り、それは繁田という一家の名前のようだった。二つの家族を並べて書いてあるのだとしたら、なぜ加藤の方にフミ子の名前がないのだろう。

(これはいったい何なんや。繁田さんって誰や)

思わず首を捻った時、突然、玄関先で電話が鳴った。俺は跳びあがるほど驚いたが、お母ちゃんが出かけていることを思い出して、慌てて電話に出た。

何だか、いやな予感がした。フミ子の身に何かあったのではないか……という思いが、どうしても頭をよぎって行く。

「もしもし、加藤さんのお宅ですか」

受話器の向こうから聞こえてきたのは四十歳くらいの落ちついた男の声で、京都のある駅の駅員だと告げた。

「そちらに、フミ子ちゃんっていう女のお子さんがいらっしゃいますか」

その声を聞きながら、俺は足が震えて仕方なかった。きっと何か悪いことを聞かされると思ったからだ。けれど、男の声はけして緊迫したものではなく、むしろ親しげでさえあった。

「お父さんかお母さん、おられますか」

どちらもいないので、話ならば自分が聞くと答えた。

「実は、フミ子ちゃんがですね……」

そこで男の人は、フミ子がその駅で保護されていることを教えてくれたのだった。

「どうもどこかに行こうとして、電車を乗り間違えちゃったみたいなんですわ」

その後、電話にフミ子が出た。

「兄やん？　フミ子な、迷子になってもうたんよ」

泣いたり怯えたりしているならともかく、電話口のフミ子の声はいつも以上に冷静だった。こちらがどんなに心配しているか、少しも気にかけていないような口調だ。

「あほんだらっ！」

俺は頭に血が昇り、思わず怒鳴りつけていた。


その後、お母ちゃんがその駅まで迎えに行って、フミ子は家に戻ってきた。俺も一緒に行きたかったが、無駄に電車賃がかかるので、家で留守番していた。

フミ子が帰ってきたのは、もう十時を過ぎていた。お母ちゃんにおぶわれたまま寝入っていて、帰り道にさんざん怒られたのだろう、その顔には涙の痕がついていた。直情型のお母ちゃんのことだから、一発か二発くらいは手が出てしまったのかもしれない。

「ほんま、往生したわ」

お母ちゃんはフミ子を布団に寝かせ、心の底からしんどそうに溜め息をついた。

「なんや、誰かについて改札通って、電車をタダ乗りして遊んどったみたいや。ほんで、適当に乗り換えたりしとったら、帰りの電車がわからんようになったんやて」

とんでもないことをするもんや……と俺は思った。フミ子は俺に似て背が低いので、十分幼児に見える。誰か大人の後ろを歩いていれば、改札口だって簡単に通れてしまうだろう。

それにしても、環状線をグルグルするくらいならともかく、京都まで行ってしまうなんて、どういう乗り方をしたのだろう。わが妹ながら、末恐ろしいヤツだと俺は思ったものだ。

4

フミ子がとんでもないことを言い出したのは、それから数日後のことだ。

その騒ぎがあってから、やはりフミ子は一人にしておけないと、再び俺は監視役を命ぜられた。仕方がないと頭でわかってはいても、どうしてもウンザリとした気分になった。

家にファミコンがあれば、友だちを呼んで遊ぶこともできる。けれど古臭いゲームウォッチでは、そうもいかなかった。だからと言って、友だちの家にフミ子を連れて行くのもどうかと思える。連れて行っても友だちは怒ったりしなかっただろうが、いかんせんフミ子は無愛想過ぎて、ホステスには向かない性格だ。ゲームにも全然興味を示さない。俺たちが盛りあがっている横で、退屈そうな顔で大欠伸でもしかねないだろう。それはいくら何でも友だちに悪い。

だから俺は、学校から帰ってきてもどこにも遊びに行かず、フミ子と一緒にいるしかなかった。

「兄やん、桜井くんとケンカでもしたんか」

いつもならすぐに出かけてしまうはずの俺が、何日も続けて家にいるのを不審に思ったのだろう。ある時、フミ子が尋ねてきた。

「別に……仲良うしとるで」

「でも昨日も今日も、ちっとも遊びに行かへんやん」

「寒いから、外に出んのがイヤなだけや」

俺はフミ子と一緒にこたつに入り、夕方のテレビを見ながら答えた。

「そんなん、兄やんらしくないなぁ」

さすがに妹だけあって、フミ子は俺の性格をよく知っていた。俺は気に入った遊びのためなら、多少の辛さは平気で我慢できるタイプの人間なのだ。

(みんな、お前のせいやないか)

そんな言葉が口を突いて出そうになったが、慌てて俺は自分を抑えた。そんなことを言って、ヘソを曲げられても困ると思ったからだ。

話題を変えようと、俺は自分の方から尋ねた。

「そういえば、繁田喜代美って誰や」

何気なくその名前を出した時、フミ子の小さな体が、びくっと震えるのを俺は見逃さなかった。

「兄やん……何で、その名前を知っとるの」

「悪かったけどな、お前が迷子になった時、どこぞに手がかりでもあるかと思って、キティちゃんのノート見さしてもらった。あんな難しい漢字、よう書けるな。繁の字なんか、俺もよう書かんで」

俺が答えると、フミ子はまるで照れ隠しのような笑いを浮かべていた。あるいは、ものすごく困っている……という解釈もできる表情だった。

「他にもいろんな名前が書いてあったけど、繁田さんって、どこの誰なんや。兄やんは知らんけど、友だちなんか？」

「いや、友だちとは違う」

「ははぁん、そう言えば、男の子の名前も書いてあったな。お前の好きな子やろ」

俺が思いきり下品な笑顔を浮かべると、フミ子は鼻で笑った。完全に人をバカにしているようで、妹ながら癇に障る態度だった。

「じゃあ、誰や」

俺は思わず声を荒らげた。子供というのは良かれ悪しかれ、感情の沸点が大人よりもずっと低い。

「そんな声出したら、言えるものも言えんわ」

感情的になっている俺とは正反対に、フミ子の声は落ちついていた。

(こいつ、ほんまに七歳なんか)

それまでにも何度か感じてきた感想が、頭の隅をちらりと通って行った。

「大きい声だして済まんかった。だから、教えてくれや」

俺はさっさと自分から折れた。フミ子とは長い付き合いだ。あまり感情的になると、フミ子はプイと横を向いて何も話さなくなることくらい、とうに理解している。

「あのな……絶対に、途中で茶々入れんって約束してくれる？」

「あぁ、絶対に入れん」

実はその言葉の意味が、この時の俺にはよくわかっていなかった。

「うち、どうも昔、繁田喜代美やったらしいんやわ」

フミ子は神妙な顔で言った。俺は思わず噴き出して、間髪いれずに切り返した。

「そんなアホな。寝言は寝て言えや」

「ほら、やっぱり茶々入れとる」

あぁ、茶々入れるというのは、こういうことを言うのか……と俺は思った。


その時フミ子から聞かされた話を、俺はとてもすぐには信じることができなかった。きっと、誰だってそうだろう——小さな妹が突然、自分は誰かの生まれ変わりだと言い出したとしたら。

「うちな、ずーっと小さい頃から、ときどきヘンな夢見たんよ。大きな海のそばでな、知らんおっちゃんとおばちゃん、知らん子供たちと遊んどるんや」

そのおっちゃんとおばちゃんというのは、福々しく太っていて、ガッシリとした体つきをしていたという。おばちゃんの方は逆に細身で、顔にはいつも笑顔を浮かべている。

そして、中学生くらいの男の子と小学四年生くらいの女の子が一緒にいて、自分と遊んでくれているというのだ。その中でフミ子はキヨミと呼ばれていて、やはり、その子供たちの妹らしいのだという。

「フミ子、それはきっと、何かの映画かテレビの場面なんやないか。ずっと小さい時に見たヤツを、たまたま夢に見たんやろ」

「それくらいのことは、うちも考えたわ」

やっぱり七歳とは思えない口振りで、フミ子は答えた。

「でもな、その人たちの夢を、何遍も何遍も見るんや。まるで同じヤツを見る時もあるし、違う景色の時もある。でも、出てくる人はみんな同じで、おっちゃんはお父ちゃん、おばちゃんはお母ちゃんや」

フミ子からその言葉を聞いた時、俺はなぜだか、とても不愉快な気分になった。

「そんでな、お兄ちゃんとお姉ちゃんもおんねん。お兄ちゃんは宏一っちゅうて、お姉ちゃんは房江や。うちのこと、キヨ、キヨって呼んで、可愛がってくれるんよ。兄ちゃんは、ものすごく勉強ができてな、大きくなったらハカセになるんやて。姉ちゃんは絵を描くのが好きやから、絵描きさんになるんやて」

「だから……それは映画や。テレビかもしれん。小さい頃に見たやつやから、自分が見たのも忘れとるんや」

「そうやないよ。だって夢の中で、兄ちゃんたちは、ちゃんと大きくなってるんやで。初めは兄ちゃんも小ちゃい子供やったのに、夢で見るたびに、ちゃんと年とってんのや」

「アホぬかせ」

そんな夢を見ていたのかと思うと、フミ子のせいではないとわかっていても、ドヤしつけたい気持ちになる。だったら、お前のために苦労している俺とお母ちゃんは、いったい何なんだ。

「夢の中で、お前はいくつやねん」

「うち……初めは小さかったけど、どんどん大きくなった。今の兄やんくらいになって、中学生になって、お姉さんになったわ。高校出たあと、デパートのエレベーターガールになったんや。可愛らしい制服着て、『上に参りまーす、下に参りまーす』って言うてんねん」

フミ子はこたつから出ると、手を上げてエレベーターガールの真似をした。まだ幼児体型のくせに、その立ち方と手つきは不思議と大人っぽく、様になっていた。

『生まれ変わり』という言葉を、その時の俺はとうに知っていた。子供向けではあったが、世界の不思議な出来事を集めた本で読んだことがあったのだ。

たとえば、小さな子供が突然、知るはずのない外国語を喋り始める。言葉がわかる人が聞いてみると、自分は以前、別の国で生きていたAという人間であると言う。住んでいた町や家のことを細かに語り、調べてみると実際にその通りの町や家があり、Aという人間も、確かに存在していたとわかる——細かい点に多少の違いはあっても、だいたいこんなパターンの話だったと思う。

子供の多くがそうであるように、俺も怖い話や不思議な話は大好きだった。霊魂の存在を当たり前に信じていたし、ネッシーやＵＦＯも信じていた。テレビでその手の番組があれば、瞬きもせずに齧《かじ》りついていたクチだ。

けれど自分の身近なところで起こったとなれば、話は別だ。フミ子のその話は、俺には到底信じられなかった。いや、信じたくないと思っていたのかもしれない。

「もしかして、この間迷子になったのは」

その人たちのところに行こうとしていたのか？　と聞こうとして、俺は口をつぐんだ。そう尋ねるのは、フミ子の話を認めることになるような気がしたからだ。

「実は、そうなんよ」

どこかすまなそうな顔で、フミ子は言った。

「夢の中に、大きい海とお城が見えるねん。でも、すごい田舎っちゅうわけやないよ。何となく古い感じの家もあるけど、普通の家もお店もあるし、電車も走っとる……それで近くに大きな駅があって、看板に彦根って書いてあるんや」

俺はずっと前に、フミ子に漢字の読み方を聞かれたのを思い出した。その瞬間、何だか背筋が寒くなる。

「フミ子……もし、お前の話が本当やったとしたら、その繁田喜代美っちゅう人は、もう死んどるんやろ」

俺は恐々《こわごわ》尋ねた。

「そや。悪もんに、ここを刺されて死んだんや」

そう言いながらフミ子は背中を向けて、ちょうど心臓の裏側あたりを指差した。

「ハコに乗って来た時からな、ちょっとおかしそうな人やと思っとったん。目がとろーんとしてな。もしかしたら、何かシンナーでもやってたのかもしれへん。おっかないなぁって思たけど、他のお客さんもおるから、大丈夫やろって思っとった。それやのに、後ろから思いっきり刺されたんや。痛いっちゅうよりも、何か野球のバットみたいな、大きくて熱いもんをグリグリ入れられたっちゅう感じがしたわ」

その頃にはフミ子の裸を見ることもなくなっていたけれど、まだ赤ちゃんだった頃、湯上がりのフミ子に天花粉を振りながら、お母ちゃんが言っていたのを思い出した。

「見てみぃ、俊樹。この子、きっと天使やったんやな。背中に羽の痕があるで」

そう、フミ子の背中の肩甲骨より少し低いところに、まるで水滴を上下に長く伸ばしたような痣《あざ》があるのだ。

「片っぽだけやん」

その痣は左側にしかなかったので、まだ小さかった俺は、そんな白けたことを言ったと思う。

「片っぽだけでも、上等やんか」

俺の言葉にそんなわけのわからない返答をしていたのは、お父ちゃんだった。

5

その後、俺はフミ子の話に穴を見つけようと、いろいろな質問をしてみた。それでわかったのは、フミ子もまた、曖昧な記憶しか持っていないということだ。

たとえば前に住んでいた家の住所や電話番号のような、具体的なことは何も覚えていない。ただ家の近くに大きな柿の木のある家があるとか、通った小学校の庭には車のタイヤを埋め込んで作った遊具があったとか、本当か嘘か、すぐには確かめられないようなことばかり説明するのだ。

結局、俺はフミ子の言葉を信じないことにした。やはり、小さい頃に見た映画かテレビの場面を、自分の記憶のように思い込んでいるに違いない。

けれど、もしかしたら……という思いも、拭い去れはしなかった。フミ子は本当に、刺殺されたエレベーターガールの生まれ変わりなのかもしれない。

たとえばその状況をもっと詳しく聞き出し、事件の起きた日付さえわかれば、フミ子の話を確かめる方法もあったかもしれない（たとえば隣り町の大きな図書館に行けば、小学生にでも新聞の縮刷版を見せてもらえる）。

けれど、俺はそうしなかった。

誰かの生まれ変わりだろうがなんだろうが、今は俺の妹の加藤フミ子だ。繁田喜代美という人間とは、何の関係もない。

お母ちゃんには何も言わないように、俺はフミ子に固く口止めした。

きっとお母ちゃんがこの話を知ったら、慌てて病院に連れて行くに違いない。たぶん、あまりいいことは言われないだろう。場合によっては、少しおかしいと判断されてしまうかもしれない。いずれにしても、お母ちゃんが心を痛めるのは間違いのないことだ。

正直に言えば、俺もこの話は忘れたい気分だった。小さなフミ子が、自分より年上だった記憶を持っているというのももちろん、よその家の人間だったと思うなんて、真っ平御免だ。


けれど、どうしても彦根に行くとフミ子が言い出したのは、それから三ヶ月ほどした頃だった。

俺は五年生、フミ子は二年生に進級していたが、ある時、こんな相談を持ちかけてきたのだ。

「兄やん、フミ子の一生のお願い、聞いてぇな」

まだ八歳にもなっていないのに、一生のお願いとは気が早い……と思いながら、俺はフミ子の言葉に耳を傾けた。

「いっぺんだけでええねん。うちを彦根に連れてってんか」

「なんでや、急に」

できればその話は忘れたいと思っていた俺は、フミ子の言葉に戸惑った。

「なんでかな……どうしても行かなあかんのや。一日でも早く、あの町に行かなあかん——そんな気がするんや」

俺は面白くない気分だったが、フミ子はいつになく真剣だった。

彦根は俺たちの住んでいる町からは、だいたい二時間ほどの距離だ。小学生でも、行って行けない場所ではない。

「電車賃かてかかるで。お母ちゃんには言えへんのやから、お金もらわれへんで」

俺がそう言うと、フミ子は伊藤博文の千円札を、何枚も机の引出しから取り出した。

「これだけあれば、二人で行けるやろ」

欲の薄いフミ子は、お母ちゃんがくれたお年玉やお小遣いを、すべて取っておいたらしい。右から左に使ってしまう俺とは大違いだ。

そこまで言われると、もう断わる理由が見つからなかった。もちろん俺自身、フミ子の言葉がどこまで本当なのか、現地で確かめてみたいという気持ちもあった。

けれど、それはいいことなのだろうか。

今のフミ子を、かつて家族だったという人たちに会わせていいのだろうか。もしかすると、狂人扱いされる可能性もある。

「わかった……そこまで言うなら、いっぺんだけ付き合ったる。でも、あくまでも町の中を歩くだけや。その繁田さんの家を訪ねたりはせぇへん。外から見るだけや。それでええんやったら、連れてったるわ」

俺はそう言わざるをえなかった。


実際に俺たちが出かけたのは、五月の連休のことだった。

お母ちゃんには、友だちと天王寺動物園に行くと言った。お母ちゃんは連休中でも当然のように仕事があり、俺たちをどこにも連れて行けないことを後ろめたく思ったりしていたのか、いくらかの小遣いをくれて、弁当まで作ってくれた。

彦根に行くのに一番わかりやすい方法は、環状線で大阪まで出て、そこから東海道本線に乗り継いで行くことだった。連休の真っ只中のせいか、乗換駅はどこも混んでいて、俺はフミ子が迷子にならないように、久しぶりに手をつないだ。

「フミ子、見てみい」

環状線の窓から、大阪城が見えた。

「お前が赤ちゃんの頃、お父ちゃんと、あのてっぺんまで登ったことがあるんやで。覚えてないやろなぁ」

悲しいことだが、それは俺の中でも、すでにぼやけている記憶だった。けれど、フミ子にとってお父ちゃんは、あの死んだお父ちゃんだけなのだということを知らせたくて、俺は記憶の糸を懸命に手繰《たぐ》り寄せて話した。

フミ子は、ふうん……と気のない返事をするばかりだった。きっと心は、彦根の方に飛んで行ってしまっているに違いない。

考えてみればフミ子にとっては、どちらがお父ちゃんなのだろう。まったく記憶にない加藤恭平と、繁田喜代美としての記憶の中にある、向こうの父親と――考えれば考えるほど、俺には難問に思えた。

「ええか、俊樹。お前、今日から兄ちゃんになったんやで。どんな時でも、妹のことを守ってやらなあかん。それが兄ちゃんちゅうもんなんやからな」

俺にそう言っていたお父ちゃんを思い出す。

(ええか、フミ子。お前のお父ちゃんは、あのお父ちゃんなんやで。お前が生まれた日、バンザイ、バンザイと叫んでいたお父ちゃんが、お前のお父ちゃんなんやで)

俺はいつのまにか、ただそれだけを考えていた。

6

俺とフミ子が彦根についたのは、十一時を少し出たところだった。もっと遠いものかと思っていたが、快速を使ったせいか、それほど長い旅のようには感じなかった。

「あぁ、やっぱり……この町、知ってるわ」

駅を降りると、すぐバスターミナルになっていたが、その光景を見てフミ子は懐かしそうに言った。

「兄やん、うちな、中学の頃、よくあすこのお店に行ったんやで」

「中学の頃かいな」

フミ子の指差す先には、小さな甘味屋があった。

「懐かしなぁ」

その店の前まで行ったフミ子は、ショーウィンドーのガラスに顔をつけて言った。

「あのあんみつが、おいしいんや。一緒に来た子、何ていうたかな。ちーちゃんとか、ちえちゃんとか」

いっぱしに回想しているフミ子の顔は、ずっと大人びて見える。俺は何とも複雑な気持ちになった。今までフミ子が言っていたことはすべて本当かもしれない——その表情を見た時、何となくそう思えたのだ。

「それで、これからどないするつもりや」

「家に行ってみる」

小さなリュックサックを背負ったフミ子は、きっぱりとした口調で言った。

「確か家の近くまでバスが出とったはずやけど、歩いてもすぐやで」

初めて来たはずの町なのに、フミ子は当たり前のように熟知していた。俺はただ黙って、後について行くしかない。

「なぁ、フミ子……約束、忘れるんやないぞ」

歩きながら、俺は念を押した。

もし以前に住んでいた繁田の家があっても、絶対に訪ねない。ただ遠くから眺めるだけだ。

「わかってる……わかってるよ」

フミ子はうるさそうにうなずいた。

駅から商店街に沿ってまっすぐ歩き、途中で何度か折れると、タイムスリップしたように古びた町並みになった。同じ木造の古い家が立ち並んでいても、大阪の下町とはまた違い、時代劇の屋敷のような雰囲気だ。右手に彦根城が見えることもあって、江戸時代に迷い込んだような気分にさせられた。

「兄やん、ちょっと待って」

道を歩いていたフミ子が、突然、近くの電柱の陰に身を隠すようにして立ち止まった。俺はもう繁田さんの家に来たのかと思い、緊張した。

「思い出した……あそこに文房具屋さんがあるやろ。あの店先にいる人、確か友だちやったと思う」

フミ子の目線の先には、小さな古びた文房具屋があった。アルミサッシの扉の前にノートの回転展示台があり、軒先には、蛍光カラーのボールが入ったビニール袋や、模型飛行機の細長い紙袋がいくつもぶら下がっている。文房具屋半分、オモチャ屋半分のような店だ。今から二十年以上昔のその頃でも、十分に懐かしい感じを漂わせている店構えだった。

店先では三十歳くらいの太った女の人が、雑巾で大きなガラスを拭いていた。ガラスの向こうには、アニメロボットのプラモデルやファミコンの箱が、こちらに顔を向けて並べられている。直射日光にやられて、パッケージがずいぶん褪色していた。

「そや、小学校の時の同級生や」

フミ子の黒目がちの目が、懐かしそうにきゅっと細くなった。

ということは、生きていれば繁田喜代美も、その女の人と同じくらいの年齢ということだ。ずいぶん若いな……と俺は思った。

フミ子の話によると、繁田喜代美は二十一歳で殺されている。当のフミ子はまもなく八歳だから、死んですぐに生まれ変わったということだろうか。

「あっ」

俺がぼんやりと文房具屋の軒先を眺めていると、すぐ横でフミ子が短く叫んだ。

「どうしたんや」

「あすこ、あすこ」

電柱の陰から、フミ子がそっと指で示す。

その先には、まるでマッチ棒のようにやせ細った白髪の老人が、ゆっくりとした足取りで歩いていた。白い半袖のカッターシャツを着ているが、袖から出ている腕は、まさしく枯れ木といってもいいように細かった。かさかさの肌に血管が浮かび上がっているのが、離れたところからでも十分に見て取れる。その手には、小さな花束を持っていた。

「あのガイコツみたいなおっちゃんが、どうかしたんか?」

そう口に出した後で、我ながら、ぴったりの表現だと思った。

その老人は、まさしくガイコツだ。骨の上に薄い皮がかろうじて貼りついて、どうにか人間の形を保っている。あの電話帳一冊分くらいの厚みしかない体の中に、本当に内臓が入っているんだろうか。

「あの人、お父ちゃんや」

俺の後ろに隠れるようにして、フミ子が言った。

「えっ？」

「間違いない。あの人、お父ちゃんや」

その潜めた声を聞きながら、俺は何度もその老人を見た。

老人は歩きながら、文房具屋の店先の女の人と何やら言葉を交わしている。女の人は、ぽっちゃりとした体通りに、声もかなり大きかった。間違いなくその老人を、繁田さんと呼んでいるのが聞こえる。

「ずいぶん話が違うやないか。夢に出てくるおっちゃんは、がっしりした人やって言うてたやろ」

「わからん。わからんけど、あのおっちゃんが、夢に出てきてる人に間違いないわ」

老人は立ち止まることもなく、文房具屋の前の道を歩いていった。心なしか、千鳥足になっているようにも見える。

「おばちゃん」

老人の姿が見えなくなるのを待って、俺はフミ子をその場において、文房具屋の前に向かった。

軒先にぶら下がっている品物を見ながら、何気なさそうに尋ねた。

「今のおっちゃん、ずいぶんガリガリやな。ガイコツみたいや」

その言葉に文房具屋のおばちゃんは、一瞬、黙りこくって目をむいた。大阪のノリとちょっと違う反応に、俺は少しばかり焦った。

「あんた、見かけん子やな」

おばちゃんは俺の頭からつま先までをジロジロと見た。きっと近くに住んでいる子供の顔は、全部頭に入っているのだろう。

「ちょっと親戚のうちに遊びにきたんや。ほら、ゴールデンウィークやから」

「そやったら、繁田のおっちゃんはガイコツみたいやなって、親戚の人に言ってみなはれ……その人がまともやったら、あんた、引っぱたかれるで」

おばちゃんは眉を顰《ひそ》めた顔で俺を睨みつけた。どうやら、あの老人をからかったりするのは、いけないことらしい。

「何でや。俺、何か悪いこと言うたか」

「あのおっちゃんは、かわいそうな人なんよ」

まるで苛立ちを誤魔化すように、おばちゃんは近くにあった箒《ほうき》を取り、店の前を掃きながら言った。

「もうすぐ、十年近くになるかなぁ……あの人には、私と同じ年の娘さんがおってな。スタイルのいい、きれいな子やったんやけど……不幸な事故にあって亡くなってしまったんや」

子供相手と思ったのか、文房具屋のおばちゃんは、異常者に刺されて死んだということを伏せた。

「ちょうど、昼間の出来事でな。まわりの人が慌てて救急車呼んだんやけど、病院に着く前に娘さんは息を引きとったんや」

そのあたりのことは、フミ子からぼんやりと聞いていた。エレベーターの中で、後ろからいきなり刺されたのだ。

「それで……その頃、あのおっちゃんは会社に勤めとったんやけどな。娘さんが事故にあった時、用事で出かけた先で、お昼ご飯食べとったんや。そらまぁ、まさかそんなことが起こってるなんて、わかるはずないんやから当たり前やな」

確かにそうだろう。俺だってお父ちゃんが事故にあった時、何も知らずに、ぐうぐう寝ていたのだから。

「あのおっちゃんには、それが許せへんのや。娘が痛い思いをして死んでいった時に、呑気に天ぷらうどん食べとった自分が、憎くてたまらんのやて……だから」

文房具屋のおばちゃんは、深い溜め息をついた。

「それから、あのおっちゃん、物食べとらんのよ」

「えっ」

俺は絶句した。

「牛乳やらジュースやらで、死なん程度に栄養はとっとるみたいや。死んだら、娘の供養ができへんからな。でもな、ちゃんとした物は何にも食べへん。家族が何とか食べさそうとしたみたいやけど、あのおっちゃん、絶対食べよらんのよ……あんたは、そういうおっちゃんを、ガイコツみたいやって言うたんやで」

俺は思わず拳を握り締めた。

「今日は娘さんの月命日や。おっちゃんは毎月、欠かさず墓参りに行くねん。かわいそうやと思ったら、心の中でええから、あんたも手の一つも合わしたり」

それだけ言うと文房具屋のおばちゃんは、俺に興味をなくしたかのように、黙々と店の前を掃き続けた。

7

「かわいそうやわ」

近くの公園のベンチに坐って、フミ子は言った。

その公園は猫の額ほどの狭いところだったが、五月の春たけなわで、つつじが咲き乱れていた。赤いつつじの群れはまるで燃えているようで、白いつつじの塊は季節外れの雪のようだった。

時間的にはまさしく昼で、俺たちはお母ちゃんの作ってくれた弁当の包みを開いていた。俺は平気で食べていたが、フミ子はなかなか食べようとしなかった。

「ご飯食べへんって……そんなんしても、何にもならんのに」

「そらまぁ、そうやな」

俺はフミ子の小さな手に、無理やり箸を持たせながら言った。

「でもな、その気持ちもわかる気がするわ。お父ちゃんが事故で死んだ時、俺も何も知らんで寝とった。夢も見んかったわ。さすがに、二度と寝んようにしようとは思わんかったけど……お父ちゃんが死んだ時に、何も知らずに呑気に寝とったと思うと、やっぱり悔しい気がするわ」

実際、その時の自分がそう考えたかどうかは覚えてはいない。けれど、あの痩せ細ったおっちゃんの姿を見ると、大切なものに先立たれた辛さ苦しさが、心の中にじんわりと甦ってくる。

あのおっちゃんは、許せない——愛娘の命が奪われた時に、何も知らずに天ぷらうどんを啜っていた自分が。

「フミ子、せっかくお母ちゃんが作ってくれたんやで。ちゃんと食べなあかん」

弁当箱を持ったまま、石になったように動かないフミ子に俺は言った。

「あのおっちゃんを心配するのも、わかる。でも、この弁当かて、お母ちゃんが俺とお前のために作ってくれたんや。食べなバチ当たるで」

俺がそう言うと、フミ子はまるで機械のようにご飯を口に運び始めた。

やっぱり、連れてくるのではなかったか……と俺は思った。まだ完全には信じられてはいなかったが、フミ子が繁田喜代美の生まれ変わりだとしても、その前世に繋がるものに近づけるべきではなかったかもしれない。

第一、そんなことが何になるというのだろう。繁田喜代美の人生は終わって、すでに加藤フミ子の人生を歩み始めているのだ。昔の記憶なんて、これっぽっちの役にも立たない。

その証拠に、フミ子は昔の親を思うあまりに、今の親であるお母ちゃんが作った弁当をないがしろにしている。兄貴として、それを許すわけには行かない。

「食べたら、琵琶湖見て帰ろうや。これ以上いても、何にもならへんやろ。辛い思いをするだけや」

俺の言葉に、フミ子が顔をあげた。

「兄やん……うちが、おっちゃんと会うのは良くないやろか」

「あぁ、良くないな」

俺はすぐに答えた。

「それだけは、絶対させへん。殴ってでも止める」

これ以上、フミ子の中で前世の比重が大きくなるのを止めたかった。このままだと自分がどこの誰か、フミ子はわからなくなってしまうだろう。

「じゃあ、ちょっとだけ、頼まれてくれへん？」

しばらく何事か考えていたフミ子は、俺の機嫌を取るような口調で言った。その瞬間、フミ子の顔に二十一歳の女の人の顔が、ふっと重なったように見えた。


俺がその家を訪ねたのは、それから一時間ほどしてからのことだ。

その家は幹線道路から少し外れた、住宅街にあった。さっきの文房具屋から十分ほど琵琶湖の方に進んだあたりだ。フミ子の言葉通り、一つ置いた隣りに、大きな柿の木のある家があった。

緑の垣根に囲まれた二階建ての立派な家で、当時はまだ珍しかった二世代同居住宅だ。けれど俺には、古い家に半ば無理やり洋風の家を付け足したような、サイボーグのような家だと思えた。

（本当に大丈夫なんだろうな、フミ子）

俺は垣根のまわりを歩いて、その家の玄関を探した。緊張で、何だか眩暈《めまい》を起こしそうだった。手にはフミ子に頼まれた小さな包みを持っている。

やがて小さな鉄製の門を見つけ、くぐって中に入った。すぐに玄関を見つけたが、新しい洋風のものと、昔ながらの引き違い戸のものがあった。どちらにも『繁田』の表札が出ていて、どちらを訪ねるべきか少し悩んだ。

やはり古い方が正解だろうと、俺はその扉についていた呼び鈴を鳴らそうと近づいた。ところが誰かがちょうど出てくるところだったらしく、俺が完全に近づく前に、ガラス戸が音を立てて開いた。

「じゃあ、お父さん。また来るから」

そう言いながら出てきたのは、あずき色の上着を着た中年の女の人だった。さっきの文房具屋のおばちゃんより、いくらか年がいっているようだが、このくらいの女の人の年齢は、はっきり言ってよくわからない。

開いた扉の中に、さっきのやせ細った老人が立っていた。墓参りは、もう終わったらしい。きっと菩提寺はすぐ近くなのだろう。

「あら、なぁに？　キミ」

おばちゃんは、明るい声で俺に問いかけて来た。俺は何となく、その人は学校の先生ではないかと思った。普通のおばちゃんなら、小学五年生の男の子に、あまり〝キミ〟なんて使わない。

「あの……」

俺は手に持っていた包みを、自分の胸の高さにあげながら言った。

「実はそこで若い女の人に、これを届けてくれって頼まれたんです……このお家の、ヒトシっていう人に」

俺はフミ子に頼まれた通りに言った。

「仁《ひとし》は、このおじさんやけど」

そう言いながらおばちゃんは、ちらりと玄関先に立っている老人を見た。自分が話題になっているのに気づいているのかいないのか、ぼうっとした表情を浮かべたまま、老人はじっと俺を見ていた。

「ちょっと見せてもらうで」

俺が差し出すより早く、おばちゃんがその包みを取り上げた。その時の目つきが妙に鋭く、俺は何だか嫌な予感がした。

「ずいぶん軽いんやね。何入ってるの？」

「さぁ、僕は知りません」

本当は知っていたが、言うわけにはいかない。あくまでも、頼まれたことになっているのだから。

「若い女の人って、どんな人？」

「あの……髪が肩くらいまであって、花の模様のついたピンクのトレーナーを着てて、下はジーパンで」

それもフミ子に、聞かれたらそう答えるようにと言われていた通りだった。もしかしたら、生前の繁田喜代美が好んでしていたファッションなのかもしれない。

「なんだ、房江。まだ帰ってなかったんか」

ふと後ろの方で、男の人の声がした。振り向くと、俺がさっき通ってきた小さな門をあけて、屈強そうな中年のおっちゃんが入ってくるところだった。何だか泣きたい気持ちになってくる。

「あぁ、兄さん。この子が、これを父さんに届けるように頼まれたんだって」

「頼まれたって……誰にや」

「何か、若い女の人らしいわ」

おっちゃんは、俺をじろりと睨みつけた。きっとこの人が、繁田喜代美の兄さんの宏一という人に違いない。ハカセになっているはずなのに、ちょっとイメージが違う。

それで、こっちのおばちゃんが姉さんの房江。何でよりによって全員集合しとるねん……と俺は思った。

「坊主、このおばちゃん、こう見えてもお巡りさんやぞ。イタズラだったら、逮捕してもらうかられ」

なるほどと俺は思った。言われて見れば、確かにそんな感じだ。いや、知ってしまうと、婦人警官以外には見えない。やはり絵描きにはならなかったようだ。

「兄さん、子供を脅かしたらあかん。じゃあ、ちょっと開けさせてもらうで」

おばちゃんは俺の方をちらりと見て、包みを解き始めた。

その包みはフミ子のハンカチだった。フミ子は子供用のマンガの柄がついたような物は小さい時から好きではなくて、大人用のハンカチを使っていた。それは大きな花のプリントのついた、特に気に入っているものだった。

包みを解くと、中からきらきら光る弁当箱が出てきた。俺がさっき使ったばかりのものだ。よく知らないアメフトのチームのマークが入っている。

「なんや、弁当かい」

がっしりとしたおっちゃんは、ちらりと俺の方を見た。

俺はさっきから、逃げ出す隙をうかがっていた。本当なら包みを渡して、すぐにその場を離れ、公園で待っているフミ子のところに戻る手はずになっていた。けれど、いつのまにか体の大きなおっちゃんが、門の前に立って逃げ道を塞いでいる。きっと初めから、俺がタチの悪いイタズラを仕掛けていると思っていたのだろう。

やがて、おばちゃんの指が弁当箱の蓋をとった。

「おまえ、やっぱりイタズラやな」

おっちゃんの大きな手が、俺の首根っこをガッシリと摑んだ。

弁当箱の中にぎっしりと詰められていたのは、つつじの花だった。

ご飯の部分が白いつつじで、ちょうど真ん中に日の丸弁当の梅のように、赤いつつじが丸めて押し込んである。おかずの部分には、公園に咲いていた他の花や葉っぱ、いろんな種類の草が、彩り良く並べられていた。早い話、おままごとで作るお弁当だ。

「おまえ、何のつもりや」

おっちゃんに尋ねられたのと同じ言葉を、その数十分前に、俺もフミ子に投げかけていた。俺が食べ終わった弁当箱をきれいに洗い、それにつつじの花を詰め始めたからだ。

「兄やん。これを、あのおっちゃんに持って行ってあげて。一生のお願いやから」

また一生のお願いかいな……とぼやきながらも、結局俺は、その頼みを引き受けてしまった。その時のフミ子の顔があまりに真剣で、とても断われなかったのだ。

「つまらんイタズラしとるとな、ろくな大人になれへんのやで」

おっちゃんが声を荒らげて、首根っこを摑んだ手に、ぐっと力を入れた。俺は思わず大きくのけぞって、肩をすぼめる。

「待って、兄さん」

おばちゃんが、悲鳴のような声で言った。

「これ……花まんまや。喜代美が小さい頃に、よう作っとったやつや。絶対、間違いない。赤いつつじを梅干にみたてるのは、あの子の得意技やったもん。桜の葉っぱを細かくちぎって佃煮みたいにするのも、あの子が考えたことや」

ふと見ると、あの痩せ細った老人が、弁当箱を両手で持って立ち尽くしていた。その手が、ぶるぶると震えている。

「ほんまやで……ほら、見てみ。箸箱に木の枝が二本、ちゃんと長さを揃えて入れてあるがな。持つところの皮をところどころ毟《むし》って、模様みたいにしとる……喜代美がいつもやってたヤツやで」

そう言って老人は、細い木の枝を手に取り、箸の持ち方で開いたり閉じたりした。

「あの子が子供の頃、一緒に公園に行ったら、こればっかりやらされたわ」

そう言いながら老人は、木の枝で白いつつじを器用にとり、ぱくりと口に入れる真似をした。

そういえば小さい時から、フミ子は花やら草やらで、お料理を作るのが好きだった。きっと繁田喜代美の時も、そうだったのだろう。

「ぱくぱくぱく。あぁ、おいしいな」

老人は顎を動かして噛む真似をした後、ちょっと大きな芝居で飲み込む真似をした。それはなかなか気の利いた演技で、本当に食べているみたいに見えた。

「父さん、あの子もな、きっと心配しとるんよ。父さんにちゃんとご飯を食べてもらいたくって、あの世でも心配しとるんやわ。だからきっと、この子に弁当持たしたんやろ」

「そうやろか……あぁ、きっと、ほんまにそうやな」

そう言いながら老人は、もう一口花のご飯を食べる真似をした。

大きく顎が動いた拍子に、髑髏《どくろ》のように落ち窪んだ目から涙の粒が押し出され、花のご飯の上に二粒、三粒と落ちた。

「お兄ちゃん、この包みを頼んだ女の人やけど……あっ、ちょっと待ち」

老人の演技を泣きそうな顔で見ていたおばちゃんは、顔をあげて何か尋ねようとした。けれど、俺はその声を半分しか聞かなかった。首根っこを摑んでいた力が緩んだ機会を見逃さず、すばやくおっちゃんの手を振り解《ほど》いて、小さな門までまっしぐらに走っていたからだ。

8

「ほんま、ひどい目にあったで」

俺は公園まで駆け戻り、フミ子に事の顚末を説明した。

「そう……おいしそうに食べる真似しとった……そう」

きっとフミ子も、それが見たかったんだろうと俺は思った。

「あのおっちゃんが、ちゃんとご飯を食べるようになるかはわからん。でも、お前が……いや、お前の中の喜代美さんが心配しとることは、きちんと伝わったと思うで」

俺はいささか複雑な心境で言った。フミ子はこくんとうなずいた。

それから俺たちは琵琶湖のほとりまで歩いて行き、ひとしきり遊んだ。せっかくここまで来たのだから、まっすぐ帰るのはもったいなかったからだ。

その後、帰りの時間も考えて、少し早めにバスで駅まで戻った。

「さぁ、大阪に戻るで」

切符を買い、二人で改札に向かっていた時だ。

俺は改札のすぐ横に、あのガイコツのような老人と屈強なおっちゃん、あずき色の上着のおばちゃんが立っているのを見つけた。

なるほど、おばちゃんは婦人警官だ。俺たちは他所から来た人間だろうと、すぐに見破ったのかもしれない。だから駅の改札で張っていれば、必ず現われると考えたのか。それとも、ただの当てずっぽうか。

俺とフミ子が身を隠すより早く、おばちゃんは俺たちを見つけていた。

「ねぇ、キミ」

おっちゃんとおばちゃんが駆け寄ってきて、あっという間に取り囲まれた。

「さっきのお弁当のことで、ちょっと聞きたいことがあるんや。あれを君に頼んだ女の人って、若くて髪の長い人だって言うてたわね？　もしかして、この人やない？」

そう言いながらおばちゃんは、ハンドバッグから一枚の写真を取り出した。きっと繁田喜代美の写真だろう。けれど、俺はそれを見たくなかった。絶対に見てはいけないと思った。

「喜代美……」

その時、近くで風が鳴るような声がした。

顔をあげると、あの痩せ細った老人がぶるぶると震える手で、フミ子の肩を摑もうとしていた。

やはり親子は、姿が変わっても通じる何かがあるのだろうか――老人はひとめで、フミ子が自分の娘の転生した姿だと気づいたようだった。

「おまえ、喜代美やね？　間違いない、喜代美なんやね……」

フミ子は大きい目に涙をいっぱいためて、その老人を見あげていた。その目が一瞬、戸惑ったように俺を見た。

「触らんといてくれっ！」

俺は無我夢中で、老人とフミ子の間に割り込んだ。

「この子は、そんな名前やないっ！　フミ子や。俺の妹や。おっちゃんらとは、何の関係もあらへん！」

俺は力いっぱいフミ子を抱きしめた。

兄貴というのは、きっと世界で一番損な役回りだ。どんな時でも、妹を守らなくてはならない。老人は、とても悲しそうな目を俺に向けた。けれど、その指一本、フミ子に触らせるわけにはいかなかった。

「ごめんな、おっちゃん。でも、この子には、立派なお父ちゃんとお母ちゃんがおるんや。お父ちゃんはもう死んでもうたけど、この子が生まれた時に、アホみたいにバンザイ、バンザイって言うたんや。お母ちゃんは俺とこの子のために、一生懸命働いてくれてる。そのお父ちゃんお母ちゃんのために、おっちゃんに、この子を触らすわけにはいかんのや」

ぽかんと開いたままの老人の口の奥から、嗚咽のような音が漏れ出た。

「父さん、やめとき……その子、困っとるがな」

やがて隣りにいたおっちゃんが、老人の肩を叩いた。そしてちらりと俺を見て言った。

「その子、お前の妹か？　かわいいな」

「ほんまや。かわいい子や」

おばちゃんが、その言葉に乗っかる。

「おばちゃんたちにもな、かわいい妹がおったんやで。エレベーターガールやったんや」

二人はどこか眩しそうに、フミ子を見ていた。

「死んだ母さんにも、見せたかったわ」

そう言うと、おばちゃんは、ほんの少しだけ涙を零《こぼ》した。


それから、俺たちは住所も名前も教えることなく、そのまま改札口で別れた。だから繁田家の人々のその後も、哀れな父親が食事をとるようになったのかどうかも、わからないままだ。

「なぁ、兄ちゃん。お互い、兄貴は辛いもんやなぁ。その子のこと、しっかりかわいがったるんやで」

別れ際、屈強そうなおっちゃんが言ったが、それは余計なお世話というものだ。俺はその後も、フミ子とは仲のいい兄妹であり続けている。

ただ正直に言うと、フミ子が二十一歳になるまで、どことなくすわりが悪いような気がしていたのも本当だ。それまでは、言葉の端々や行動に繁田喜代美の影がちらついているように思えて、何となくやりにくく感じる時もあったのだ。

だから、あいつが二十二歳になった時、俺は大いにホッとした。

繁田喜代美は二十二歳を知らない。ということは、それ以降の人生は、誰が何と言おうとフミ子自身の人生だ。

もちろん、それは俺だけがこだわっていたことで、フミ子自身はどう考えていたのか、よくからない。とにかく、この彦根の一件以来、フミ子は繁田喜代美の話を一切しなくなった。

三年前にお母ちゃんが急死した時、兄妹二人で、ささやかな葬式を出した。自分たちを育てるために人生のすべてを捧げてくれたお母ちゃんのために、俺もフミ子も泣きに泣いた。

それから俺とフミ子は、この世でたった二人の兄妹だ。

俺はこれからもフミ子に何かあれば、どんな時でも駆けつけるだろう。それは仕方がない。兄貴というものは、たぶん世界で一番損な役回りなのだから。

けれど——しばらくは、そんなこともないだろうと思う。

フミ子は明日、大好きになった同い年の男と結婚するのだ。学者肌の、マジメを絵に描いたような男だ。少し気弱なところもあるけれど、誠実で優しいのは俺も認める。

しばらくは、まぁ、あいつに任せておこうかと思っている。

送りん婆

思い出話をいたしましょう。

今から、もう四十年近い昔――私が、まだランドセルを背負っていた少女の頃の出来事です。

私の生まれ育った町は、大阪のTというところでした。梅田の駅から十数分で歩いていける距離にあり、近くに天神様がおられるところといえば、ピンと来られる方も多いでしょう。

あの界隈も今はマンションや会社のビルが立ち並び、ずいぶん様変わりしたように見えますが、ちょっと裏に回れば案外いろいろなものが、あの頃のままの姿で残っていたりします。

たとえば冬の日、商店街に遊びに行こうと友だちと走っていた時、なぜだか靴がすっぽ抜けて転び、乳歯の前歯を折ってしまった舗道。夏の日、遊んでいる最中に夕立に会い、軒先を借りて雨宿りをしているうちに寝込んでしまったお寺さん――今も時間を見つけてあの町を訪れれば、それらのものは、昔とほとんど変わらない姿で私を出迎えてくれます。

そればかりか、よくお絵かき用の帳面を買いに行った商店街の文房具屋さんや、店先でコロッケを揚げていたお肉屋さんも、代がわりして外見こそモダンになりましたが、今もちゃんと営業したりしているのです。

けれど、私が生まれ育った横丁だけは、すでに影も形もなくなってしまいました。高速道路を作る際に、根こそぎ壊されてしまったのです。

あの横丁こそが、私の愛した大阪でした。

まさしくあばら家と呼んでもいいような家が集まり、戦争をくぐり抜けてきたアパートや文化住宅が立ち並んだ通り——肌すり合うほどに人の距離が近く、雑然として騒々しく、ざっくばらんで、少しばかり怪しいのです。

喩えは乱暴ですが、あの場所のことを考えると、私はなぜか子供の頃に自宅で使っていた、戸棚の引き出しを思い出します。

それは母から与えられた私専用のスペースで、物が捨てられない性分の私は、何でもかんでもそこに仕舞い込んでおりました。お気に入りのビー玉や紙の人形の着せ替え、ちびてしまったクレヨンなど、何でもかんでも放り込んでいたものです。

あの横丁は、その引き出しの中に似ていました。良いものも悪いものも、明るいものも暗いものも、一つところに押し込まれていたからです。

もちろん、人の生き死にも。

1

その横丁は、有名なO公園の裏手の大通りから、写真屋さんの角を曲がって細い路地に入り、左右に何度か折れたところにありました。四人も横並びすれば塞がってしまいそうな道の両側に、小さな家がびっしりと建ち並んで、まるで何かの巣穴のようでした。

路面には直接コンクリートを流して舗装風にしてあり、道の中央には深さ五センチ、幅十センチほどの溝が彫ってありました。雨水や住人たちの洗濯排水などを下水に導くための溝です。時には炊事の水なども流されていたせいか、通りはいつも生臭い匂いに満ちていました。

私が住んでいたのは、横丁では一、二を争うほどの大きなアパートです。

二階建てのコンクリート製でしたが、戦前に建てられたものでしたので、いわゆるアール・デコ調の装飾が内外に施されていました。今から思い返しても周囲とは少し馴染まない外観でしたが、それもそのはずで、もともとは地元でも有名な売笑宿だったのです。何かの事情で廃業し、建物をそのままアパートにしてしまったのでした。

ですから普通のアパートとは、いろいろ違っていました。

玄関をくぐるとホールと呼んでいいような、天井の高い空間があり、その真ん中には大きな石階段が美しい弧を描いて二階へと続き、壁には蔓草のような彫刻がしてありました。いったい何に使っていたのか、映画館の切符売り場のようなカウンターがホールの端に作ってあり、私はそこでよくお店屋さんごっこをしたものです。

部屋数は確か全部で八あったと記憶していますが、どの部屋も九畳、十二畳と半端な大きさで、奇妙なことに扉が二つついていました。なぜかというと、もともと二つの部屋だったのを、壁を取り払って一つにしたからです。たいていの家庭はどちらかの扉を潰していたようですが、私の家では面白がって、両方を使っていたものです。

そんな建物があったくらいですから、子供が育つ環境としては、お世辞にもいいとは言えない土地でした。

労務者相手の安い飲み屋さんがいくつもありましたし、いったい何の商売をしているのかわからない、すべての窓ガラスに紙を張っているお店が何軒もありました。下着同然の格好をした女の人がゴミ捨てに出てくるのを見たことがありますので、やはり売笑関係のお店だったのでしょう。

また、朝鮮語を話す人ばかりが集まっている一画があったり、スピーカーで一日中、カントリーミュージックを流している雑貨屋があったり、今思えば、まるで日本ではないような雰囲気に満ちた横丁でした。

特に、かしわ(鶏のことです)を捌《さば》いていたお店のことは、強く印象に残っています。そこは半屋外の工場のようなところでしたが、白い上っ張りを着た人が何人も並んで、手馴れた包丁使いでかしわをバラしているのです。

私は近くを通るたびに、その鮮やかな手並みに見とれたものですが、そこで働いているおじさんの一人は、見物人がいると妙に張り切りました。羽をむしられ、ほんのりとしたピンク色の地肌だけになった鶏のお腹を切り開いて、これがハツ、これがスナギモと、優しい口ぶりで教えてくれたりするのです。

次々とお腹の中から取り出されるものは、どれも美しい輝きを放っていて、私はまるで手品を見ているような心地でした。おじさんの機嫌がいいと新聞紙に一つかみ分のモツを包んでくれて、それを家に持ち帰ると母はことのほか喜びました。

そんな風に、あの横丁には一種独特の雰囲気がありました。ときどき、激しい喧嘩の怒声が飛び交うことはありましたが、たいてい通りの人はみんな仲良く、助け合って生きていたのです。

生まれ育った場所だというのを抜きにしても、あの猥雑で得体の知れない雰囲気が、私は大好きでした。

私の両親はともに、その横丁の中にある小さな運送屋に勤めていました。父の親類の人が経営していて、母はその会社で事務を執り、父はオート三輪の運転手をしていたのです。詳しい事情はわかりませんが、両親には故郷で暮らせない理由があったらしく、その会社の社長さんを頼って大阪に出て来ていたそうです。

社長さんは、とても良い方でした。ハの字に下がった眉のせいで、どこか困ったような顔が地になっていて、後にテレビで人気者になった『トッポ・ジージョ』というネズミのキャラクターにそっくりです。優しく子供好きな方で、まだ小さかった私をとても可愛がってくださいました。ときどきお菓子や本を買ってくれるので、私も十日に一度くらいの割合で、社長さんの子供になりたいと思ったものです。

社長さんは当時、四十代後半でしたが、奥さんはいませんでした。昔はいたそうですが、出て行ってしまったらしいのです。

それが私には、不思議でなりませんでした。今なら、夫婦の間にはいろいろあるものだと理解できますが、その頃は、あんなに優しい人なのに、なぜ……と、出て行った奥さんの気持ちが、まったくわからなかったのです。

私は何度かその理由を父に尋ねましたが、いつもはぐらかされてばかりでした。けれど、たった一度だけお酒に酔った勢いで、父がこんなことを口にしたことがあったのです。

「そりゃあ、あんな怖いお義母さんがおったら、誰かて逃げ出すわ」

その答えに、私は大いに納得しました。

社長さんには七十歳をいくつか過ぎたお母さんがいましたが、その人が見るからに怖そうな人だったからです。

私はいつもその人のことを、おばさんと呼んでいました。顔には年相応の皺が浮かび、髪も見事な銀髪になっていて、おばあさんと呼ぶ方がふさわしいように思われましたが、とても、そんな風に気安く呼ぶ気にはなれませんでした。息子の社長さんとは正反対で、親しげにできる雰囲気の人ではなかったのです。

おばさんはよく太っていて、地声の大きい人でした。眉毛が太く目がぎょろっとしていて、見事な獅子鼻の上に口も大きいものですから、そのまま神社の狛犬《こまいぬ》のような顔です。見るからに気性が激しそうで、確かに怒らせたら、かなりまずいことになりそうでした。

その頃の私はまだ小学生でしたが、お嫁さんと姑さんというものは、たいてい喧嘩するものだと知っていました。社長さんの奥さんも、きっとおばさんとうまく行かず、出て行ってしまったのでしょう。私は父の言葉を、そう解釈しました。

けれど、おばさんの〝怖さ〟は、実はそういうものではなかったのです。

その意味を正しく理解したのは、私が八歳の頃――同じアパートに住んでいたおじさんが亡くなった時のことです。

そのおじさんは、私の部屋の隣りに住んでいました。

何の仕事をしていた人かは覚えていませんが、いつ見ても顔が公園の赤土のような色をしていて、目がどんよりと濁った人でした。蟷螂《かまきり》のように体が細く、いつもどこかピリピリした雰囲気があったような気がします。

おじさんの家にはキヨちゃんという、私より一つ年上の女の子がいました。広い額と切れ長の目が印象的な子で、私とは大の仲良しでした。よく一緒に天神様まで遊びに行ったり、アパートの廊下でお人形さんごっこをしたりして遊んだものです。

「うちの父ちゃんな、酒ばっかり飲んでるから、もう長いことないんや」

一緒に遊んでいる時、キヨちゃんはよくそう言いました。その言い方がずいぶん冷たく思えて、彼女がそんな言葉を口にするたびに、私は尋ねました。

「お父ちゃんやのに、そういうこと言うて悲しくないのん？」

キヨちゃんの答えは、いつも同じでした。

「悲しいことなんか、いっこもあらへん。酒飲んで暴れてばかりいる父ちゃんやったら、おらん方がええわ」

確かにおじさんのお酒好きは有名でした。

飲んで陽気になるだけならば結構なことですが、実は酒乱の気があって、酔っ払うと暴れだすのです。まわりがすべて敵に見えてしまうのか、誰彼なしに喧嘩を売って顰蹙《ひんしゅく》を買っていました。普段は本当におとなしい人なのですが、お酒が入ってしまうと、途端にだめになるようです。

近所の人間でさえ手を焼いていたのに、家族ともなれば、その苦労はひとしおだったでしょう。キヨちゃんやお母さんも、おじさんに殴られて顔を腫らしていたことが何度もあります。そんな状態でしたから、キヨちゃんが冷たいことを言い出すのも無理からぬ話だったのです。

あれは確か、私が小学三年生の夏の夜のことでした。

キヨちゃんのお父さんが、救急車で病院に運ばれていきました。かなり遅い時間のことで、私は路地に入ってくる救急車の音で目を覚ましたのです。ちなみにこの頃の救急車のサイレンは、今のようなリズミカルなものではなく、ひたすらウーウーとがなり立てる騒がしいものでした。

「血を仰山吐いたらしいで」

「その血も何や、泥みたいに真っ黒やったって」

アパートの住人たちがそう言うのを聞きながら、私は半開きにした部屋の扉から、担架に乗せられて運ばれるおじさんを見ました。薄暗い裸電球に照らされて、血の気のひいたその顔が、まるで桜の葉っぱの裏側のような色に見えました。

その後ろに不安そうな顔をしたキヨちゃんがいましたが、彼女は私の顔を見ると、かすかな笑みを浮かべました。お父さんが倒れたことよりも、夜中に騒ぎを起こしてしまったことを恥じらっているようでした。

「今度ばかりは、あの人も、もうあかんかも知れへんな」

走り去って行く救急車を見送った後、私の両親は小声でそう言い合っていました。

私はおじさんがかわいそうだとは思いましたが、反面、これでもうキヨちゃんが殴られることもなくなるかと、心のどこかでホッとしたのも本当です。

ところがおじさんは、二日後の昼過ぎに戻ってきました。

運ばれていった近くの病院から、リヤカーに乗せられてアパートに帰ってきたのです。ぐったりとはしていましたが、ちゃんと生きていました。

そのリヤカーは、近所の鉄屑屋さんが仕事に使っているもので、すぐ横にキヨちゃんとお母さんがついていました。錆びた針金の束と、車のホイールキャップが何枚も投げ入れられた箱の間に身を縮めているおじさんは、とても小さく見えました。

「おじさん、もう良くなったの？」

驚いて私が尋ねると、キヨちゃんは怒ったように言いました。

「ちゃうねん……追い出されたんや」

話を聞いてみると、事情は簡単でした。

病院はあくまでも、病気を治すところです。けれど、おじさんの体は、もう何をやっても助からないところまで来ていました。後はそのまま死を待つしかないのです。だから、もう病院にいても仕方がない——そういう理由で、退院させられたのです。

「貧乏やからって、バカにしとる」

キヨちゃんは、目に涙をためて言いました。

その時は私もそう思いましたが、それから何十年と過ぎた今でも同じような話を耳にすることがありますので、特に貧乏は関係なく、病院の考え方としては当たり前なのかもしれません。

おじさんは、近所の男の人たちの手で、アパートの部屋に戻されました。ほとんど意識がなくなっていて、その腕と足は、本当に骸骨のようでした。

今考えても、それからの数日間は辛いものでした。

お医者さんから見放されたのに、おじさんはなかなか死にませんでした。それどころか、時々は意識を取り戻し、苦しげな声で叫ぶのです。

まるで木製の古い扉が軋むような声でした。何か意味のある言葉とは思えませんでしたが、よくよく聞いてみると、「ちくしょう」とか「あほんだら」とか、弱々しいながらも、世の中と運命を呪っているのでした。聞いているだけで、こちらの心がささくれてくる心地がする言葉です。

「運送屋のばあさんを呼んだ方が、ええんやないのか」

おじさんが帰ってきてから何日かして、アパートの住人たちが連れ立って私の家にやって来て言いました。その頃、父は住人の中では若い方でしたが、性格的に頼られやすいのか、管理人でもないのに、アパートの中のいざこざをよく相談されていたのです。

「それは、奥さんが決めることや」

父は腕組みしながら、難しい顔で答えました。

私は不思議に思いました。こんな時に、あの社長さんのお母さんを呼んでどうなるというのでしょう。まさかお医者とも思えませんし、あのおばさんに、キヨちゃんのお父さんの苦しみを取り除いてやることができるとは、とても思えません。

そう思いながら話を聞いていると、さらに不思議に思うことがありました。私の父も、アパートの他の住人たちも、おばさんのことをときどき、『オクリンバァ』と呼んでいたからです。

オクリンバァ――それが日本語なのかどうかさえ、私にはわかりませんでした。いったい、どういう漢字を当てはめるのでしょう。その頃、『牛乳バー』というアイスキャンデー（というか、本当にその名の通り、牛乳を凍らせただけのような味でしたが）が駄菓子屋で売られていましたので、何だかその仲間のようにも思えました。

やがて父たちは、キヨちゃんのお母さんを呼んで来て、何やら小さな声で相談を始めました。

キヨちゃんのお母さんは、むしろそれを待っていたかのように、すぐにうなずきました。

おばさんがアパートにやって来たのは、その日の夕方です。

父たちは一階の空き部屋に一度通そうとしましたが、おばさんは面倒くさそうに肉厚の手を振りました。

「悪いけど、ぱっぱとやらしてもらうわ……見たいテレビがあんねん」

おばさんはそう言いながら、着ていた派手な水玉模様のブラウスの上から、白い上っ張りを着ました。よく山伏さんが着ているような、羽織のような服です。襟元に奇妙な模様の、ピカピカ光る生地が縫いつけられていました。どうやらそれが、オクリンバァのユニホームのようです。手には、大粒の紫水晶のお数珠を持ちました。

私は遠くから、そのおばさんの様子を眺めていました。いったい何が始まるのか、見当も付きませんでした。

「みさ子、ちょっと手伝えるか」

おばさんは私に気づき、手招きしながら言いました。いったい何を手伝えというのでしょう。

私は首を傾げながら、おばさんの近くに立ちました。

けれど、慌てたのが両親です。

「おばちゃん、それはカンニンしてや。この子は、まだ八歳なんやで」

母は私の頭をつかむと、胸元で強く抱きしめました。

「年なんか関係あるかいな。アタシは、この子くらいの時には先代のかばん持ちしとったがな」

先代という言葉が出るところを見ると、どうやらオクリンバァというものは、代々引き継がれているもののようです。

「何事も経験や。みさ子、ちょっと来ぃな」

有無を言わさぬ、強い口調でした。仕方なく母は私を抱いていた腕を緩め、おばさんの前に立たせました。

「手で耳を塞いでみ」

言われた通り、私は両方の掌で耳を塞ぎました。

「アタシの声が聞こえるか」

おばさんの声がしました。いくら手で押さえてみても、少しくらいは聞こえるものです。ちょっと……と答えると、おばさんは私の頭を掌で力いっぱい叩きました。

「あほっ、もっとしっかり押さえんかい！」

私は慌てて力を入れて耳を押さえました。まわりの音は一切届かなくなり、おばさんが私に向かって何か話しかけている声も、まったくわかりませんでした。

やがておばさんは、自分の手で私の両手を乱暴に払いのけて尋ねました。

「今、聞こえんかったやろ？」

私がうなずくと、おばさんは満足そうに、よしよし……と呟きました。

「えぇか、みさ子。これから部屋に入るけど、アタシが耳塞げって言うたら、今みたいに力いっぱい耳塞ぐんやで。ちゃんとやらなんだら……」

私の目の高さに顔を持って来て、おばさんは言いました。

「あんたも死ぬで」

ただでさえ神社の狛犬のような顔が、なおいっそう厳しくなりました。まったく、冗談のひとかけらも入っていないようです。

私は不安になり、父の方を見上げました。

「大丈夫や、みさ子。おばちゃんの言う通りにやれば、何てことあらへん」

そう言う父の顔にも、不安の色が満ちていました。母は落ち着きをなくして、今にも泣きそうな顔をしています。

「さ、これ持ち」

私はおばさんから、コーヒー皿くらいの小さなシンバルのようなものを持たされました。銅でできているようでしたが、ずいぶん使い込んでいるらしく、干し柿のような色になっています。

「三回、叩いてみ」

言われた通りに三回叩くと、籠もった薄っぺらな音がしました。これなら、お鍋の蓋を打ち鳴らした方が、よほどいい音がするでしょう。

「ま、ええやろ。みんな、今のが合図やからな」

おばさんは、あたりに集まっていた人たちに、どすの利いた声で言いました。

2

それから私とおばさんは、キヨちゃんたちの部屋に入りました。

むっとする、嫌な匂いが籠もっています。こら、たまらんわ……と、おばさんは小さな声で呟きました。

おじさんは、部屋の隅の布団に寝かされていました。枕元には洗面器が置いてあり、中には墨汁に赤い絵の具を混ぜたような色の液体が、半分ほど入っていました。

「ほな、よろしくお願いします」

おじさんのすぐ近くに控えていたキヨちゃんとお母さんが、おばさんに向かって深々と頭を下げました。

「あんたらも、ちょっと出とき。この子がジャンジャン鳴らすから、その音が聞こえたら、耳ぃ塞いどるんやで」

そのとき初めて、自分が持たされているシンバルが、ジャンジャンという名前なのだと知りました。

「みさちゃん、よろしくな」

部屋を出て行く時、キヨちゃんは私の肩に、そっと手を置いていきました。

私はその部屋で、おばさんと二人きりになりました。もちろん、当のおじさんもいましたが、とても話ができる状態ではありません。

「ちくしょう……はよ殺せえ」

正直に言うと、その時のおじさんの様子は、とても見ていられるものではありませんでした。体のどこかが痛むのか、薄い布団の上を、そんな風な悪態をつきながら転げ回っているのです。ですが力はまったく抜けきっていて、その動きは弱々しいものでした。

元気だった頃のおじさんを知っている私には、その衰えぶりが恐ろしく感じられました。人間はこんな風に変わってしまうんだ……と、初めて知ったからです。

私とおばさんは少し離れたところに坐り、その様子を眺めていました。

「怖いやろ、みさ子」

おばさんは、静かな声で私に聞きました。

怖いのは、確かです。けれど、それ以上にかわいそうでした。お医者さんに匙を投げられてしまっては、おじさんが回復する見込みはないのでしょう。だとすれば、今の苦しみは何のためなのでしょうか。ただ痛いだけ、苦しいだけではないでしょうか。

私がそう言うと、おばさんは満足げにうなずきました。

「やっぱり、あんたは見込みがある。アタシの思った通りや」

おばさんは紫水晶のお数珠を手の中で繰りながら、言いました。

「みさ子、あんた、コトダマっちゅうのを知っとるか」

私は頭を振りました。当時の私は八歳――分数さえ満足に理解できない年頃です。

「詳しいことは後で教えてやるけどな、言葉には不思議な力があんのや。普通の人は知らないことやけどな」

おばさんは、大きく二度ほど咳払いして言いました。

「アタシが今から、おっちゃんを楽にさしたる。どうするかっちゅうとな、ある言葉を、聞かせるんや。その言葉を聞けば、おっちゃんは楽になる。ただし、さっきも言うたけど、あんたは聞いたらあかん。聞いたら大変なことになるで」

私の頬っぺをぺしぺしと叩きながら、おばさんは言いました。きっと愛情表現のつもりだったのでしょうが、それは痛いほどでした。

おばさんは私を部屋の入り口近くに坐らせると、自分はおじさんの枕元に坐りました。そこでお数珠を繰りながら、何かお経のようなものを口の中で呟きました。

「何や、ババァッ。俺はまだ死んでへん。経なんかあげられてたまるか」

力のこもっていない声とはいえ、おじさんは激しくおばさんを罵りました。

「今、体を楽にしたる。おとなしくしとき」

今までとは打って変わった優しい口調で、おばさんは言いました。

「みさ子、ジャンジャン鳴らし。思いっきり、三遍やで」

言われた通りに三回、私はシンバルを打ち鳴らしました。扉の向こうで聞こえていたアパートの住人たちの声が、ぴたりと止まりました。

「よっしゃ。ほな、あんたも耳を塞いどき。しっかり、聞こえんようにな」

私はさっきやったのと同じように、両方の耳をしっかり押さえました。おばさんが苦しんでいるおじさんの耳元に、まるでキスでもするみたいに、顔を近づけるのが見えました。

「………」

何か、呟いているようです。かなり長い言葉のようで、私は一分近く、そのまま耳を押さえていました。

その間、おじさんの体が、釣り上げられた魚のようにビクビクと跳ねました。後年テレビの心霊番組で悪霊払いの儀式というのを見たことがありますが、その光景によく似ていたと思います。

やがておじさんの体が大きく弓なりに反ったかと思うと、突然脱力したように動かなくなりました。その様子を見ていたおばさんは私の方に向き直って、耳を塞いでいる手を取れ、という合図をしました。私は言われるままに、耳を塞いでいた手をはずしました。

「ジャンジャン鳴らし。三遍な」

さっきと同じように、私はシンバルを鳴らしました。とたんに部屋のドアが開いて、キヨちゃんとお母さんが入ってきました。その後ろには、私の両親が不安そうな表情を浮かべています。

「みさ子、こっち来てみ」

お数珠をハンドバッグの中にしまいながら、おばさんが私を呼びました。恐る恐る枕元に行くと、おじさんはさっきまでの狂乱振りが嘘のように、穏やかな顔になっていました。

「みさちゃんも、手伝ってくれたんやね。ありがと」

おじさんの口から出てきたのは、思いがけず優しい声です。

なぜこんなに人変わりしているのか不思議でなりませんでしたが、それよりもおじさんが、お酒を飲んでいない時の優しい人になっているのが、うれしく思えました。

「お父ちゃん」

キヨちゃんとお母さんが枕元に来て、呼びかけます。

「おう、春江に清子……今まで、さんざん迷惑かけたのう」

「あんた、苦しくないんか」

「それが、痛くも痒くもないねん。体がスーッと軽うなって、気持ちええくらいや。何か眠たなるで」

おじさんはそう言いながら、痩せ細った腕を二人に向かって伸ばしました。

「清子、今まで、悪いお父ちゃんでごめんな。だから罰が当たってもうたわ。ほんまに、しょうもない父ちゃんやな」

「いやや、父ちゃん、死なんといてっ」

お父さんを嫌っていたはずのキヨちゃんが、その細い腕にすがりつきました。私はそれを見ただけで、胸が苦しくて仕方ありませんでした。

「自業自得や……」

やがてそんな言葉を残して、おじさんは息を引き取りました。まるで、ゆっくりと蠟燭の火が消えていくような、静かな最期でした。

3

その後、おばさんは私たちの部屋で、ほんの少しだけお酒を飲みました。仕事の後は、必ずお酒を飲まなければならないそうです。

「どうや、たいしたもんやろ」

私も無理やりお酒を飲まされました。と言っても、オレンジジュースにほんの数滴、日本酒を垂らしただけのものですが。

「おばさん、お医者さんよりすごいわ……魔法使いみたいや」

私は思ったことを正直に言いました。その時の私には、本当にそう見えたのです。

注射一本打つことなく、薬を飲ませるわけでもないのに、あんなに苦しんでいたおじさんが、憑き物が落ちたようにおとなしくなったのが不思議でなりませんでした。亡くなってしまったのは残念ですが、キヨちゃんも最後に優しいお父さんと話ができてよかったと思います。

「あれはな……確かに魔法みたいなもんや」

おばさんは、湯飲みに入れたお酒をちびちび飲みながら言いました。

「おばちゃん、もう堪忍してぇな。みさ子にそない話をせんでもええやろが」

一緒にちゃぶ台を囲んでいた父が、わざと明るい声で言いました。そのまま、話を終わらせたいと思っているようです。

「その話は、あんまりポンポン教えて、ええもんやないやろ」

「治郎は黙っとき。アタシは、この子が気に入ったわ」

おばさんが強い口調で言うと、父は黙ってうつむきました。けして父も弱い性格ではありませんが、親類のおばさんには口答えできないようです。

「みさ子は、コトダマって知ってるか」

さっきも同じことを聞かれたのを、私は思い出しました。

「コトダマ？　ヒトダマなら知っとるけど」

「あほ、言霊や」

おばさんは大きな体を揺すって笑いました。

「お前はまだ子供やから、難しい話はやめとくわ。肝心なとこだけ話すとな、言葉には普通の人が思ってる以上に、すごい力があるっちゅうこっちゃ」

「そんなん、わかってるよ。うちかて学校でかけっこしとる時に、がんばれがんばれってクラスのみんなに言われたら、元気出て、少しだけ足が速くなるもん」

数日前、体育の授業でリレー競走をやった時のことを思い出して、私は答えました。あながち的外れではないと思っていたのですが、正解ではなかったようです。

「それとは、ちょっと違うな。それはみんなの言葉を聞いて、みさ子が頭で考えて元気を出しとるのやろ。おばちゃんが言うとるのはな、もっと呪文みたいなもんや」

呪文と聞いて、私は胸がどきどきするのを感じました。幼い頃、魔法使いに一度も憧れない女の子がいるものでしょうか。

「実はな、世の中には、いろんな呪文があるんや。雨を降らせる呪文、火をつける呪文、水をお湯にする呪文……言霊の力で、できないことはないんや」

おばさんは、いきなり突拍子もないことを言い出しました。テレビマンガでそういうシーンを見たことはありますが、大人の口から、それも怖い顔のおばさんから聞かされると、いっそう突拍子なく聞こえます。

「けどな、今は便利な世の中になってもうたから、その呪文は、ほとんど忘れられてもうた。そら、まぁ、そうやな。火ィつけたかったらマッチを擦ればええし、お湯を沸かしたかったら薬缶をコンロにかけたらええ。呪文の力なんか借りんでも、ちょっと手を動かせばええこっちゃ。まぁ、雨を降らすのは無理やけどな」

ふと横を見ると、同じちゃぶ台にいる父の顔が、今にも泣き出しそうになっているのに気がつきました。もしかすると私がおばさんと話をするのは、あまり好ましいことではないのかも知れません。部屋の隅にいる母も、やはり不安げな表情を浮かべています。

（おばさんの話、聞かん方がええのんかな）

そう思いながらも、私はその話を聞くのをやめることができませんでした。もしかしたら、それもまた言霊の力だったのかもしれません。

「今は呪文を知ってる人はほとんどおらん。おばちゃんかて、知っとる呪文はひとつっきりや。さっき、あのおっちゃんに聞かせたやつや」

「わかった……あれは、体が楽になる呪文なんやね」

私が言うと、おばさんは唇の端を少し歪めて言いました。

「そんな可愛いもんやない……生きているものを殺す呪文や」

部屋の空気が、瞬間的に冷たくなったような気がしました。

「ええか？　生き物はどんなもんでも、生きとる間は魂と体が、しっかり結びついとる。それが生きとるっちゅうことやな。けどな、年をとったり病気になったりして体がダメになると、体と魂を繫いどったものが切れてしまうんや。これがつまり、死ぬっちゅうことや」

私はつい今しがた見た、おじさんの最期の様子を思い浮かべました。つまり体と魂を繫いでいるものが切れたら、あんな風に動かなくなってしまうのです。

「どんな生き物でも自然に任せておくのが、ほんまはええんや。せやけど、さっきのおっちゃんみたいに、体が悲鳴をあげとったら可哀想やろ。あんな風に痛い痛いって転げまわって、頭も働かなくなって、見ている方が辛くなる。だから、おばちゃんが呪文で楽にしてやったんや」

亡くなる直前、確かにおじさんは普段の優しい人に戻っていました。あれが、おばさんの呪文の効き目なのでしょうか。

「言霊っちゅうのは、そらぁすごいものやで。どうしてそうなる……ちゅう理屈なんかないねん。水に入れたら砂糖が溶けるみたいに、火にくべたら枯れ葉が燃えるみたいに、問答無用や。その呪文を聞いたら、体が生きるのをやめてしまうんや」

あれだけ強く耳を塞げと言われた意味が、ようやくわかりました。もしその言葉を聞いていたら、私も——そう思った時、首筋から背中にかけて、薄皮一枚はがされたような寒気を感じました。

「だからな、その言葉を聞いた時に、あのおっちゃんの体は死んだんや。おっちゃんの体と魂をつないどったものが切れたから、痛いのも苦しいのも感じなくなったちゅうわけや」

「でも、おじさん、その後も、ちゃんとしゃべったり笑ったりしとった」

「それがこの呪文のええとこでな……体は死んでも、魂が抜けるのに少し時間がかかるんや。魂っちゅうのは、風船みたいにふわふわ軽いもんでもないからな。この呪文で体が死ぬと、雨漏りみたいにちょっとずつ魂が抜けんねん。だから体が死んだ後も、痛い思いや苦しい思いをせずに、ちょっとの間、普通に過ごすことができる。頭がやられてへん限り、しゃべったりもできる」

おばさんはハンドバッグからハイライトを取り出し、火をつけながら言いました。

「でも、やっぱり、自分はもう仕舞いやとわかるんやろな。たいていの人が、ふっと楽になった瞬間、あんな風に最期の別れをするんや……苦しいだけで終わるより、何倍もええ死に方やろ」

その時初めて、なぜおばさんがオクリンバァと呼ばれているのか、私は理解しました。人をあの世に送るおばさん——送り婆さん。それが訛って、送りん婆なのです。

その話を聞き終わった時、私は世の中には思いがけない仕事があるものだと思いました。できれば、自分はそんなものの世話にならずにいたいと思ったものですが——まさか、自分がおばさんの跡継ぎを命ぜられることになるとは、夢にも思わなかったのです。

4

のちに聞いたところによると、もともと『送りん婆』は、父の実家で何代にもわたって受け継がれてきた役目なのだそうです。それがどのように生まれ、どういう役割を果たしてきたのかは、また別の話になりますので置いておきますが、なぜか女性だけが受け継ぐものとされていて、昔は『送り女』と呼ばれていたそうです。

実はこの役目を受け継ぐのに、特別な資格も能力も必要ありません。ただ『送り言葉』と言われる、肉体を死なせる言葉を覚えるだけでいいのです。この言葉は代々、役目についた者同士の間だけで伝えられる、門外不出の秘法でした。

この役目につく者は恐ろしい力を持ちますので、かなり厳しい吟味を経て選ばれるのが普通で、どうしても人間の練れた高齢者が選ばれることが多かったそうです。あるいは、この役目につくと人から忌み嫌われるため、若い女に継がせるのは忍びない……と、老齢の女性ばかりが選ばれるようになったのかも知れません。そのために『送り女』の呼び名は、いつのまにか『送り婆』——『送りん婆』へと変化したのでしょう。

まぁ、このあたりのことは、成人してから父に聞いたことですが、当時の私は、それこそ何がどうなっているのか、まったくわかりませんでした。ただ怪しげな呪文を心得た親類のおばさんに目を付けられ、その弟子のような役目をさせられるようになった……というぐらいの認識しかありませんでした。

そうです——私はキヨちゃんのお父さんを送ったのをきっかけに、おばさんの手伝いをすることになったのでした。

もっともおばさんは、親類縁者の女性の中で、送りん婆の役目が果たせそうなのは私以外にいないと前から目をつけていたそうです。そう言われると悪い気もしませんが、実際は、たまたま一番近くにいたから……という理由ではないでしょうか。反対していたとはいえ、両親もそのことを知っていたようですから、もしかすると何らかの話し合いがあったのかもしれません。今は両親とも鬼籍の人となっているので、そのあたりの事情は確かめようもありませんが。

私の意志には関係なく、私はおばさんの弟子になりました。もっとも『送りん婆』の存在は、知る人ぞ知るものでしたから、そんなにしょっちゅう仕事があったわけではありません。それこそ三ヶ月に一度くらいの割合でどこかに呼ばれ、おばさんと一緒に出かけていくのです。もちろん送り言葉を囁くのはおばさんの役目で、私はただジャンジャンを打ち鳴らすだけです。

正直に言うと初めのうちは、怖いと思うこともありました。

その頃の私は、まだ八歳かそこらの子供です。人が死ぬところなど、そうしょっちゅう見ていていいものではありません。さっきまで息をしていた人がゆっくりと動かなくなっていくのは、幼い私には、やはりきつ過ぎる光景でした。

おばさんもそう思ったのか、送り言葉を呟く儀式が終わった後、私だけ場を離れさせたりもしてくれましたが、一人になったらなったで、それが怖かったりするのですから、子供というのは厄介なものです。

それにしても送り言葉の威力は本当にすごいもので、どんな状態の瀕死者にでも必ず同じ効果を発揮しました。自分の目で見なければ信じられないかと思いますが、ああいった不思議を目の当たりにすると、言霊というものの存在と神秘を信じないわけにはいきません。

人の死に立ち会った経験のある方はおわかりかと思いますが、病気で亡くなる方の多くは、死の直前まで意識をはっきり持っていることは稀です。たいていの場合は意識が混濁し、本人はすでに夢うつつの状態になって、そのまま息を引き取るのです。

そこにおばさんが送り言葉を囁くと、数分後の確実な死と引き換えに、一切の苦痛から解放された、明晰な時間を持つことができるのです。

たいていの人はその短い時間の中で、集まっている人たちに礼を述べ、後の始末を頼み、家族に別れを告げ、自分の人生に満足して死んでいきました。自分がもはやここまでだということを自然に理解し、受け入れていたからでしょう。

そんな様子を見ていると『送りん婆』の仕事も、人様の役に立っているように思えました。もしかすると、おばさんはそれを教えたくて、子供の私を連れて行っていたのかも知れません。

たとえば芦屋に住んでいた、ある少年――彼は当時まだ七歳でしたが、生まれつき腎臓に障害があって、お医者さんから長くは生きられないと言われていました。小さい頃から透析を受けねばならず、その子のお母さんの言葉を借りれば、「まるで苦しむために、生まれてきたような子供」でした。

私とおばさんがその家に呼ばれたのは、ちょうど春たけなわの頃です。

さすがに高級住宅地といわれる芦屋だけあって、私の住んでいる元売笑宿のアパートが三つか四つ、すっぽりと入ってしまいそうなお庭のあるお家でした。

私たちが着いた時、少年はふかふかのベッドの中で、すでに虫の息でした。往診に見えていたお医者さんが注射を打ったりしていましたが、彼の命がまもなく終わろうとしているのは誰の目にも明らかでした。

私はその部屋の隅に控えて、家の中をあちこち眺めていました。少年のお父さんは有名な会社の社長さんらしく、本当に立派なお家です。広いお庭には桜が植えられて、どれもが満開でした。

(どんなにお金があっても、あの子はきっと幸せやなかったんやろうなぁ)

ベッドで苦しげな呻き声を上げている少年を見ながら、私は思いました。幼い心に、本当に死というものは無情だと感じたりもしたのです。

やがてすべての手が尽くされ、その命の火も消えかかろうとしていました。少年は意識をなくし、時々苦しそうな呻き声をあげ、顔中に汗をびっしょりとかいていました。お母さんはその手を握り締め、ぽろぽろと涙をこぼしながら、しきりに名前を呼び続けるばかりです。

そこでようやく、私たちの出番になりました。

いつものようにすべての人に部屋を出てもらい、私はジャンジャンを打ち鳴らしました。つい少年を気遣って音が小さくなってしまい、おばさんに怒られたような記憶もあります。

おばさんに送り言葉を聞かされた少年は、その数秒後にぱっちりと目を開けました。

「僕、お病気治ったの?」

駆けつけたご両親に、少年は言いました。

「何だか体が、すごーく軽いよ！　治ったんだね！」

少年のお母さんは、目に涙をいっぱい溜めながら、合わせるように何度もうなずきました。体が軽く感じるのは、すでに体と魂を繋いでいたものが切れたからです。もう彼の体は、生きてはいないのです。

「パパ、ママ、見ててね」

次の瞬間、みんながあっと叫びました。少年が裸足のまま、部屋の窓からお庭に飛び出して行ってしまったからです。

「見て見て！　すごいでしょう」

そういいながら少年は、広い芝生の上で、いきなりでんぐり返しを始めました。面白そうな歓声を上げながら、何べんも何べんもクルクル回りました。

何度か回ったところで丸めていた体がほどけ、少年は横向きに倒れました。ご両親が駆けつけると、楽しそうな笑顔を浮かべたまま、すでに動かなくなっていました。

きっといつもベッドの上からお庭を見て、元気に飛び回ってみたいと思っていたのでしょう。ほんの数分でもそうさせてあげられたのは、本当に幸いなことでした。

お母さんはお庭で少年の体を抱きしめながら、大きな声で泣きました。私も思わず一緒に涙をこぼしてしまったのですが――その後、お母さんがおばさんに向かって鋭い口調で短く叫んだ言葉を、今も忘れることができません。

「人殺しっ」

そんな言葉は聞き飽きたというような顔で、おばさんは黙って合掌しました。

私は何だか、おばさんが可哀想になりました。『送りん婆』というのは、とても孤独で寂しい仕事だとも思ったのです。

5

そんな風に私は、おばさんの手伝いをしました。

一回行くと少しばかりの手当てが出ましたし、臨終の場の雰囲気にも馴れたので、あまり大変だと思うことはありませんでした。むしろ逆に、ジャンジャンを鳴らしているだけの自分が、本当に必要なのだろうかと思う時がありました。

ある日、送りの帰りに大阪名物どて焼きの店に寄った折、私は思い切って尋ねてみました。

「おばさん、あの仕事をするのに、ほんまにうちは必要なんか？」

「はっきり言うて、あんまり要らんな」

おばさんはお酒を飲みながら、あっさりと答えました。

「アタシかて両手があるからな。ジャンジャンくらい鳴らせるわ。実際、前は自分で鳴らしとったし」

「じゃあ、なんでうちが行かなあかんの？」

どて焼きを串から引きちぎりながら、おばさんは答えました。

「それには、理由が二つある。一つは、お前がアタシの跡継ぎやからや。人死にの場には馴れとった方がええ。アタシもお前くらいの時は、先代のかばん持ちしとった」

「うち、おばさんの跡継ぐんか？」

「それはお前の自由や。なってもええし、ならんでもええ。まぁ、今んとこ、お前しかなるヤツがおらんし、お前がならんかったら先祖代々続いてきた伝統が、ここでチョン切れてまうけどな」

まったく嫌な言い方でした。こんな言い方をされては、逃げ道がなくなってしまいます。

「もう一個の理由ってなに？」

私が頬っぺを膨らませながら尋ねると、おばさんは狛犬のような顔を、さらにしかめました。いっそう怖い顔になりますが、それはおばさんが考え事をしている時の顔なのです。

「もう一個の理由はな……アタシが付け上がらんためや」

「付け上がらんため？」

鸚鵡《おうむ》返しに私は尋ねました。

「そうや……こんな商売しとるとな、自分が神さんみたいに偉くなったような気がする時があるんや。人の生き死にを操っとるんやからな。けど、この商売には、そういう腐れた根性は大敵や。絶対に、自分が偉い人間やなんて思ったらあかん」

その理由をおばさんは念入りに語ってくれましたが、少しばかり難しい話でしたので、私は早々に理解する努力を投げました。子供相手に、理屈を振り回す方が悪いのです。

「とにかく人間、初心を忘るべからずや。だから、お前みたいなジャンジャンの鳴らし方から教えなあかん弟子がおると、アタシ自身も初心を思い出すわけや。つまりお前を叱りながら、自分自身を叱ってもいるわけや……って、おい、ちゃんと聞いとるんか」

「はいはい、聞いとります」

私はどて焼きにかぶりつきながら、答えました。

「返事は一回でええんや。可愛くないやっちゃ」

おばさんは、拳骨で私の頭を殴りました。

「ちゃんと聞いとらんと、外道に落ちるで」

「外道って、なに？」

「外道っちゅうんは、道を踏み外すことやがな」

そこまで言った時、おばさんはふっと口をつぐみました。狛犬のような顔をしかめて、ずいぶん長い間、何か考え続けているようでした。

「勉強になるやろ……ええわ、話したる」

「何の話？」

「アタシが昔、外道に落ちたときの話や」

その時、私は初めて『送り言葉』の秘密を教えられたのです。

送り言葉――いつもはしっかりと耳を塞いでいるので、それがどんなものなのかわかりません。ですが一度、耳の塞ぎ方がゆるくて、一部分がぼんやりと聞こえたことがあります。まるでお経のような節回しで、確か『よもつひらのさか』という言葉が入っていました。もちろんその後は歯を食いしばって耳を押さえ、続きを聞かないようにしたので、幸い今も生きながらえているのですが。

「送り言葉は、一つの歌のようになってるんや。その言葉は今は教えられんけど……そうやな、帳面に普通の大きさの字で書いたら、だいたい紙の半分くらいで終わってしまうくらいの長さや。

一つ一つは意味のある言葉やけど、意味そのものはぜんぜん関係ない。肝心なのは音なんや。その音を聞かされると……生き物の体は死ぬんや」

「聞かされるっちゅうのが大事なの？」

「そうや。目で読んだりしても、全然効き目はない。声に出して読んで初めて効くねん。それに、読んでる人間には何の害もない」

そう言えば何度送り言葉を口に出していても、おばさん自身は何ともありませんでした。

「これは頭の骨の震えが何かを打ち消すとか何とか……先代に聞いた覚えもあるけど、忘れてもうた」

おばさんは、そこでコップ酒を一息に飲み干しました。

「それにな、送り言葉は頭から終わりまで読んで聞かせて、初めて効き目が出る。アイウエオで言うたら、アからンまでを、きっちり聞かさんといかんわけや」

「途中でやめたら、どないなんの？」

「どうにもならん。どうにもならんが、効き目も死んどらん……早い話、『送りかけ』や」

「送りかけ……」

それがいったいどういう状態なのか、私には想像できませんでした。まさか、半分だけ死んでしまうのでしょうか。

「つまりな、半分まで聞かせて、途中でやめるとするやろ。それから時間を置いて続きを聞かせると、その時に効き目が出るんや。わかるか」

いくら幼い私でも、その理屈はわかりました。

要はアイウエオをずっと聞かせて、最後のンだけ聞かせずに置けば、送り言葉の効き目はいつまでたっても表れないのです。けれど時間を置いてンを聞かせれば、その時に、生き物の体は死ぬのです。

それがどういうことなのか理解した瞬間、背筋がぞくっとしました。

もしそれが本当なら、送り言葉を使えば、いくらでも人が殺せます。本人の望みがあろうがなかろうが、思うがままです。

「だから、送り言葉を使う人間は、絶対に付け上がってはいかんのや。少しでも慢心が起これば、ほんまに、この国の人間全部を殺すこともできるんやからな」

「もしかして、おばさん……誰か殺したんか」

私は恐る恐る尋ねました。おばさんはしばらく私の顔を見つめ、やがてきっぱりとした口調で言いました。

「あぁ、殺した。若くて元気な男を一人、殺したわ」

苦しそうにそう言った時、おばさんの目から、大豆みたいに大きな粒の涙がぼろりとこぼれました。

「でも、勘違いしたらあかんで。アタシは、その子に頼まれたんや」

何でも、戦争中の話だそうです。

おばさんの家の近くにK田という家がありました。その家の主人は実直そのままの男で、どこかの会社で経理をやっていた人でした。

もともと他県の出身者でしたが、その性格と腕を見込まれて、町内会の出納係を任されていました。面倒な帳簿付けなど得意な人間は誰もおりませんでしたので、彼はとても重宝がられ、普通は一年で交代するべき役職にもかかわらず、ずっとその役に就いていたそうです。

ところが、ある時、彼が町内会の会費を横領していたことが発覚しました。額としては微々たるものでしたが、何年にもわたっての犯行でしたので、合計すればそれなりの額になりました。彼は着服したお金を、生活費に回していたのです。

もともと警察を好かない人ばかりが集まっていた町ですから、彼が逮捕されたりすることはありませんでした。そのかわり、もっと辛い仕打ち――村八分（町ですけれど）の扱いを受けることになったのです。

今と違って、気楽に引越しができる時代ではありません。物資の配給などは町内会単位で行われることも多かったそうで、K田一家がこの町を出ることはなかなかできませんでした。一家は町の人の激しい差別を受けながら、この町で生きなければならなかったのです。

かわいそうなのは家族たちでした。当の主人は、昼間は会社に行っていればよかったのですが、家に残る奥さんや子供たちは、散々な迫害を受けました。石を投げられたり、口を利いてもらえないことなど序の口です。その家には十八歳の長男を頭に四人の子供がいましたが、その誰もが、苛められずに一日を過ごすことなどなかったそうです。

戦局が激化した頃、その家の長男が、おばさんの元を訪ねてきました。背の高い、利発そうな少年だったそうです。

「噂に聞きましたが、おばさんは、人の生き死にを自由にする言葉を知っているそうですね」

いったいどこで聞きつけてきたのか、長男は涼しい目でおばさんをまっすぐに見て、問いかけました。初めは白を切ろうとしたおばさんでしたが、その目があまりに真剣なので、つい、送り言葉のことを教えてしまったのだそうです。

静かに話を聞いていた長男は、やがて言いました。

「どうか、それを僕に教えてくださいませんか」

もちろん、そんなことができるはずはありません。送り言葉を使って、自分たちを苛めている町の人間を殺すつもりか……と、おばさんは尋ねました。

「とんでもない」

長男は、かすかな笑みを浮かべて答えました。

「このたび、僕は入営を志願しました。どこに配属されるかはまだわかりませんが、ぜひお国のために手柄を立てたいと思っているのです」

それと送り言葉がどう関係しているのでしょう。軍隊に入れば、望むと望まざるとに関わりなく、命の危機にさらされるのに。

「僕はお国のために、この命を捧げたいのです。そうすることができれば……きっと、この町の人たちも、僕たち家族を許してくれるかもしれません」

当時、戦死を遂げることは誉れ高いことでした。戦死者を出した家は、町内でも一目置かれるのだそうです。彼はきっと父の罪の恥を雪《そそ》ぎ、村八分にあっている母や弟、妹たちのために、町の誉れになろうと考えていたのでしょう。

「けれど、恥ずかしながら……やはり死ぬのは怖いのです。もし、その言葉を知っていたら、ここぞという時に命を捨てて突撃できるではありませんか」

もちろん送りん婆が、送り言葉を漏らすことは絶対に有り得ません。おばさんは、その決まりを説明して、長男を納得させようとしました。

けれど、やはりその心根に動かされてしまった部分もあるのでしょう、私に説明した送り言葉の秘密を、長男に話してしまったのです。

「でしたら、僕にその送り言葉を聞かせてください。そして、最後の言葉だけを聞かせずに紙に書いてください。命の捨て所に直面した時に、戦友にその最後の言葉を読んでもらうことにします。そうすれば僕は痛みにも苦しみにも臆することなく、散華できると思うのです」

彼の目は真剣でした。まっすぐで美しく、本当はお国のためよりも、家族のために命を投げ出そうとしている目でした。

「アタシは、その目に負けてしまったんや……絶対にやってはならんことを、やってもうた」

何か硬いものを噛み潰すような顔で、おばさんは言いました。

「そのお兄さん、どうしたん?」

「馬鹿にしたらあかん、そんな覚悟を持った人が、帰ってくるはずがないやろ」

それが、おばさんのした、ただ一度の『外道』でした。

6

おばさんが体を壊して送りん婆を引退したのは、私が十三歳の時でした。本来ならば、私がすぐにでも後継者にならなければならなかったのですが、なぜかおばさんは消極的でした。

「みさ子のお父ちゃんたちも反対しとるし、別に無理に続けんでもええかなぁ」

入院している病院にお見舞いに行くたびに、おばさんはそう言いました。

体を壊してからずいぶんスマートになり、狛犬のようだった顔は、どちらかというと年老いた虎を思わせる雰囲気になっていました。

「いつまでも言霊っちゅう時代でもないやろ……送りん婆は、アタシで仕舞いでええかもしれん」

たくさんの人の見事な臨終に接してきたせいか、体がかなり弱っても、おばさんも気力だけは失いませんでした。私は息子である社長さんから、おばさんが末期のすい臓癌だと知らされていました。

おばさんが亡くなったのは、奇しくもある年の元旦です。その日の朝まで話もできるほどだったのに、急変したのです。

私は社長さんとともに、病院に駆けつけました。

「みさ子……みさ子」

おばさんは激しい痛みに耐えながら、血のつながった息子さんではなく、私の名前を呼び続けました。私はその口元に耳を持っていき、そのか細い声を聞きました。

「跡を継ぐかどうかは、あんたが決めや……引き出しの中に、送り言葉の紙が入ってる」

言われた通りにベッドサイドの引き出しを開けると、小さな和紙の包みがありました。中を開けると、読みやすく楷書で書かれた和歌のようなものがありました。

「継いでくれるんやったら、今、アタシを送ってや。継いでくれへんのやったら、目の前で、その紙を破いてもうて」

私はその包みの文字をじっと眺めました。それが何であるかわかったらしく、息子さんはすばやく病室の外に出ました。集中治療室でしたので、私とおばさん以外には誰もいなくなりました。ジャンジャンの代わりに、私は三回、大きく拍手しました。

「いくまつの、ちとせももとせ、へにけむと」

私はおばさんの耳元で、その歌を読みました。

「ヘタクソやな。もっと長く伸ばして読まんかい。そんなんやったら、ちっともありがたい感じが、せえへんやんか」

「あけくれの、よもつひらのさか、こがねもうでの」

私は静かに送り言葉を読みました。

おばさんは、そっと目を閉じて、私の声を聞いていました。その間にも、呼吸は苦しげになっていき、今にも最期の時が訪れそうな気配です。

「ひとしきり、あしたのはっこつ、たのまむと、ゆくす……」

私はふと、言葉を切りました。

いつまでも黙ったままでいると、おばさんは苦しげな表情で私を見上げました。

「どうした？」

「この字、なんて読むねん」

それは『ゑ』という字で——戦後の教育を受けた私には、なじみのない文字でした。

「あほっ、ひらがな、読めんのかい」

それがおばさんの、最期の言葉でした。

次の瞬間、深く息を吸い込み、やがて、しゅーっと音を立てて吐き切りました。そしてそれきり、目を開けることはありませんでした。


時代が変わりました。

あれから長い時間が過ぎて、私の愛した横丁も消え去りました。今では、その場所を猛スピードで車が行きかい、かつての面影を知る人も年々少なくなっています。

おばさんには申し訳ありませんが、私は送りん婆の跡は継ぎませんでした。両親が切に望んだということもありますが、何より他人の生き死にに干渉するのが、どうしてもためらわれたからです。

人は最後の一分一秒までが、かけがえのない人生なのです。その闘いを他人の手で止めていいものかどうか、私にはどうしてもわかりませんでした。

私はその後、ごく普通に学校に行き、会社に勤め、結婚して子供を育てました。今では小さな孫もいる、ただの大阪のおばちゃんです。

この先、私が送りん婆の仕事をすることは、きっとないでしょう。怪しげな神秘は、やはり怪しげな町と共に忘れ去られていっても構わないのです。

けれど、その後も送り言葉の紙だけは、きちんとなくさずに取っておきました。私の代で伝統を絶やすのは、やはりためらわれたからです。

今ではもちろん、『ゑ』も読めますし、すべてを諳《そら》んじることもできます。もちろん、実際に使うことはないでしょうが。

正直に言うと、近頃の暗い世相、むごたらしい事件の報道を目にするにつけ、もしかすると、これが役に立つ時が来たのではないか……と、思うこともあります。

人を苦しめて恥じない厚顔の連中、命のありがたみもわからない愚か者たちの耳元で、外道を承知の上で、そっと送り言葉を囁いてやりたくなる時があるのです。そうすれば私のようなおばちゃんにでも、少しは世の中を正すことができるのではないかと——。

いえいえ、もちろん冗談ですけれど。

凍蝶

1

「ミチオ、鉄橋人間って知ってるか」

ある夜、銭湯へ向かう道で、兄は突然切り出した。私が小学校へ入学する直前の春のことだ。

「鉄橋人間？　そんなん聞いたことないわ」

「じゃあ、教えたる」

住んでいた下町の路地を抜け、国道の大きな通りを歩きながら兄は言った。

「ときどきな、電車に轢《ひ》かれて死ぬ人っておるやろ。自殺しようとして飛び込んだり、踏み切りで事故にあったりして……その轢いた電車、どうするか知ってるか？」

「車庫にでも入れるんとちゃうの？　いろいろ調べたりするから」

「アホ抜かせ。中には何百人っちゅう人が乗っとるんやで。そんな簡単に車庫には入れられへん。そのまんま、走らせるんや……もちろん、車輪についた血ィを洗うヒマなんかないで。電車の時間はキッチリ決まっとるんやから、さっさと走らさな」

兄の言っていることは、ここまではあながち間違ってはいなかったようだ。大人になってから、同じような話を聞いた覚えがある。けれど怪しくなるのは、この先だ。

「だからな、ときどき車輪の軸とか機械の裏側とかに、死んだ人の肉がくっ付いとってても気がつかん時があるんや。そのまま死体の欠片《かけら》をひっつけたまま、ずーっと走っとんねん」

これだけでも幼い私には十分ショッキングだったが、話はさらにすごくなる。

「それでな、お前もわかるやろうけど、線路から鉄橋になったら電車が急に揺れるやろ。あれは、つなぎ目にちょっと段があるからやねん。でな……そん時に落ちるんや」

「落ちるって、何が」

「アホ、車輪にひっついとったモンに決まっとるやろ。死んだ人間の肉が、こう……ぼたッとな」

その湿った擬音が生々しくて、幼い私にもその光景が見えるような気がした。兄は声をひそめて、さらに続ける。

「真夜中になると、その欠片がむずむず動き出すんやて。まるで仲間を探すみたいに……それで欠片同士が出会ったら、そのままくっ付いて、人間の形になるのや」

「それが……鉄橋人間？」

きっと兄はタイミングを計っていたのだろう――ちょうどその時、私たちは大阪環状線の高架の下にさしかかっていた。建物にすれば四階建てくらいの高さで、片側三車線の国道の上にかかった大きなものだ。

「鉄橋人間は、自分が生まれた鉄橋に住んでんのや。電車会社の人も、それを知ってるからな、鉄橋の裏に棚みたいな場所を作って、鉄橋人間に貸してやってるんや」

兄のいう棚というのは、要は工の字型の鉄骨の、横に張り出した部分であった。鉄橋の大きさにもよるが、確かにその部分には、人が横になれるくらいの余裕があるだろう。

私は高架の裏側を見ながら、背筋がぞくぞくするのを感じた。本当にその暗がりから、何か得体の知れないものが顔を出すような気がしたからだ。

その後に続いた兄の話をまとめると、こんな風になる。

鉄橋人間は昼の間、ずっと鉄橋の棚の部分で眠っているらしい。そいつにとっては、頭上を走り抜けていく電車の轟音は、むしろ子守唄なのだ。

夜になると目を覚まして、下を歩いていく人間を鉄骨の影から見ている。やがて人通りが絶えると、そっと橋げた伝いに降りてきて、食堂の生ゴミを漁ったり公園の水を飲んだりする。特に人を襲ったりはしないが、そいつの姿を見ると、必ず何か悪いことが起こるのだという。

「だからな、鉄橋の下を通る時は、上を向いたらあかんねん。パッと通ってしまうのがええんや」

兄はそんな風に話を締めくくったが――今から思えば、これは完全な創作だったに違いない。鉄橋人間という名前や、鉄橋に落ちた肉片が動き回って融合するというイメージが、幼い頃に見た『妖怪人間ベム』というテレビマンガにどことなく似ている。きっと兄は口からでまかせの怪談で、幼い私を怖がらせようとしていたのだろう。

確かに兄のもくろみは、見事に成功した。

その話を聞いて以来、私はその高架が恐ろしくてならなくなった。昼間でもできるだけ避けたし、どうしても通らなければならない時は、一息に駆け抜けるようにした。四本の線路が並んでいる高架は、子供の足にはそれなりの距離があって、駆け抜ける十数秒は本当に生きた心地がしなかったものだ。

けれど、いつからだろう――人目を避けて暗がりで生きている鉄橋人間が、何となく哀れに思えるようになったのは。

自分の生まれた鉄橋から動けないので、彼らは終生（それがどのくらいのものなのか、想像もつかないが）仲間に出会うことはない。普通の人間からは嫌われているので、ただ人目につかないように一人、鉄骨の裏側に身を潜ませ続ける一生を送らねばならない。

考えるまでもなく、それは私に似ていた。

もちろん兄にも同じことが言えたのだが、果たして彼がそれを念頭において、この話を創作したのかどうかはわからない。

いつか尋ねてみたいと思っていたが、聞けないうちに兄は他界した。十九歳の夏、オートバイでガードレールに激突したのだ。

2

私は寂しい少年だった。

孤独という言葉を知る前に、その鋳鉄のような味をよく知っていた。どんな雑踏の中にいても、まるで透明な虫かごに押し込められているような気がして仕方なかった。

少なくとも私の住んでいた地域にあっては、私は〝要らない者〟とされていた。丸められた紙くず、砕けたプラスチック片と何ら変わりない存在だった。

こんな言い方をすると、自分を悲劇の主人公に仕立てあげて、悦に入っているように響いてしまうかもしれない。けれど、誰もが今さら、この世が平等で愛に満ちた場所だとは思ってはいまい。

人間が集まれば、どんな小さな世界ででも順列が生まれ、階級が生じる。優遇される者がいれば蔑《さげす》まれる者がいる。

この世に自分の生まれる場所を選んで生まれて来た者は一人もいないが、私が蔑まれたたまたま蔑まれる家に生まれたからであった。

どんな理由で……と語ることに意味はない。現代的な目で見れば呆れるほどくだらないものだし、もともと人が人を差別するのに、正当な理由など存在しようがないのだから。

だから、もしどこかに差別され、避けられている人間がいるのなら、それが私と家族だと考えてもらって構わないだろう。つけられたレッテルに多少の違いはあっても、同じような悲しみと苦しみを経てきたことは変わらないはずだ。

今から思うと、右も左もわからない年頃が、もっとも幸せだった。

多少の貧富の差はあったかもしれないが、子供の世界には目立った差別がない。本人がそれに気づかないというのが、一番大きい要因であるが。

幼い頃、両親は近くの工場で働いていて、私は近所の保育園に預けられていた。私の記憶が始まっているのは三歳くらいからだが、確かクラスメイトというべき子供たちは、十五人くらいいたと思う。
誕生祝の色紙に書いてある当時の保育士の先生の言葉を見ると、私はやたらと他の子たちの世話を焼いたりするのが好きだったらしい。考えてみれば当然なことで、四月生まれの私は誰よりも月齢が進んでいた。たとえば翌年の三月生まれの子供も同じクラスにはいたが、その子と私とは一年近く月齢が違うことになる。四歳くらいまでは、その差は大きい。

だから、きっとその親たちも、私が自分の子供程度の理解力と記憶力しか持っていないと軽く考えていたに違いない。思えばずいぶん迂闊なことを、さりげなく口にしていたものだ——私と他の子供たちが使う食器をはっきり分けろとか、昼寝の時、自分の子供はなるべく私の隣りに寝かさないで欲しいとか。

もちろん親たちも、私の耳に入るなどとは思ってはいなかっただろう。

けれど子供というものは、自分に関する話を、不思議と耳ざとく聞きつけるものだ。もしかすると周囲の言葉や扱いで、自分が何者であるか類推しようという本能でもあるのかもしれないで
そのせいか、自分が他の子供と同じ扱いを受けていないことに、私はかなり早くから
いた。

保育士の先生は誰にも優しかったけれど、友だちの親は、明らかに私と他の子供を区別していた。挨拶しても無視されたり、中にはどこか怒ったような顔で「ミチャくん、うちの○○ちゃんには、構わんといてな」と言うお母さんまでいたほどだ。それは遠まわしな表現だけれど、要はうちの子供と遊ぶな……と言っているのだ。

なぜ自分がそんな風に言われるのか、その頃の私にはわからなかった。自分が特別な目で見ら

れる家に生まれついていることなど想像さえできなかったし、そんな風潮があることも、夢にも思わなかった。

悲しいことだが、子供に差別心を植えつけるのは、いつも大人たちだ。保育園も年中・年長となってくると、つまらない雑音を親から吹き込まれてしまう子供もいる。

ある時、お遊戯の時間に私と手を繫ぎたがらない子供がいた。私はあまり深く考えなかったが、どうやらその子の親は、家庭でさんざん差別的な発言をしているらしく（それも、かなり大げさに）、その子はそれを頭から信じ込んでしまったようだった。

子供時代というのは、些細なことでも優位に立ちたがるものだ。それは同じ組の子供たちの中に恐ろしい速さで広まって、私はまたたくうちに特別視される存在になった。無邪気な言葉で、辛いことを言われることさえあった。

もちろん、それを聞いた保育士の先生は烈火のごとく怒ったし、何より私の両親が黙っていなかった。少なくとも父も母も、この問題に関しては絶対に泣き寝入りしないという考えの持ち主だった。

詳しいことはよくわからないが、私と手を繫ぐことを拒絶した子供の親に、両親はかなりきつく謝罪を求めたらしい。多分に感情的になり、摑み合いの一歩手前まで行ったという。親は親で、私以上に辛い思いをくぐってきたのだから、それは仕方のないことだったかもしれない。

やがて、その子は保育園を移り、私の知らないところで騒ぎは決着した。一応、表面的には以前に戻ったかのように見えたが、実はそうではなかった。『私に関わると怖い』という風潮が広まって、結果的に、それまで以上に孤立することになったのだ。

そしてそれは、そのあと何年にもわたって、私のまわりに見えないバリアーを作ったのだった。

やがて私は小学校に入学した。

近頃では子供の数が足りず、閉校に追いやられる学校が多いと聞くが、私たちの頃は、まったくその逆であった。子供が多すぎて、教室が足りなかったほどだったのだ。

根がお調子者の私は、学校の活気が好きでしょうがなかった。人が多いというだけで、まるでお祭りのように楽しいのだ。

愛読していた学年雑誌を見ても、また、学校から配られる新入生に向けたプリントを見ても、必ず『友だちをいっぱいつくろう』という一行があった。みんなと仲良く、元気よく遊ぼう――その言葉に、私はどれだけ身震いするものを感じたことか、わかりはしない。

保育園ではなぜか浮いた存在になってしまったが、小学校では、友だちをたくさん作りたい。それこそ、すべての同級生と友だちになりたい……と、真剣に考えていたほどだ。

その甲斐あって小学校に上がった直後は、それなりに友だちもできた。知らない子には私から積極的に話しかけ、また、なじみのない友だち同士を結び付けて、その輪をどんどん広げていったりした。

けれど、なぜか私は、その付き合いを長続きさせられなかった。本当に、いつのまにか――私から友だちが離れていくのである。なぜか遊びに誘われなくなり、気がつけば蚊帳《かや》の外に追いやられていた。

当時はいくら考えても、その理由がわからなかった。乱暴もしないし我が儘も言わない方だと自負していたつもりだったが、もしかすると自分では気づかない欠点があって、それが疎まれているのかも知れない……と考えたりもしていた。

その答えをはっきりと教えてくれたのは、転校生のマサヒロだった。

マサヒロが東京から私たちの学校に転校して来たのは、小学二年の春のことだ。

私はどちらかと言うと、ひょろりとした体型をしていたが、マサヒロは子供のわりにはガッチリとした体つきをしていて、色も浅黒かった。一見すると近寄りがたい雰囲気もあったが、話してみるとよく笑う楽しい少年だった。

転校して来たばかりのマサヒロは、初めから諸手をあげてクラスに歓迎されたわけではなかった。考えてみれば笑ってしまうことだが――大阪という土地は、必要以上に東京を意識している部分がある。誰が決めたわけでもないのに、やたらとライバル視して、なぜか構えてしまうのである。

今はかつてほどの対立はないようだが、私が小学生の頃は、たとえ子供の世界でも、東京から来た人間というのは特別な目で見られた。

何や知らんが、気取ったヤツや――クラスの友だちは、よくマサヒロのいないところで、そんな噂をしていた。彼が関西訛りのない言葉を使うことや、どこか東京から来たのを自慢しているふしがある（確かに彼には、そういう傾向があった。もしかすると、東京に対する望郷の念のようなものだったのかもしれないが）ことなどが、やり玉に上がっていた。

転校してしばらくは、マサヒロはクラスで浮いた存在だった。彼も寂しく思っていたのだろう、私が同じような扱いを受けているのを子供の嗅覚で嗅ぎ分け、彼の方から話しかけてきた。

私たちは不思議と気が合った。

私の立場のことなど何も知らない彼は、ごく当たり前に接してくれたし、私も必要以上に身構える必要がなかった。数日のうちに、私たちは『ミッちゃん』『マァちゃん』と呼び合うほど仲良くなった。

彼の家にも、当たり前のように招待された。思えば私たちの住んでいた地域は、大阪きっての繁華街に近いこともあってか、あまり上品な土地柄とは言えない部分もあった。だから、きっと彼のお母さんも、もう少し馴れるまでは家の中で遊んで欲しい……と思っていたのだろう。私たちは家の中で遊ぶことが多かった。

彼の家はK通りという場所にあって、私の家とはずいぶん離れていた。学校を中心にして、それぞれ学区域の両端という感じだろうか。歩けば、私の足で二十分ほどかかったと思う。けれど、それだけの時間をかけて遊びに行く価値は十分にあった。彼のお母さんも、同じ学校の五年生だったお姉さんも、一緒になって私を歓迎してくれたからだ。

お母さんは彼同様、よく笑う明るい人で、お姉さんは逆に物静かな女の子だった。赤い縁のメガネが似合っていて、一緒に『人生ゲーム』をやったり、トランプのような絵合わせゲームをしたこともある。ときどき気が向くと本を読んでくれることもあって、私はそのお姉さんの声が好きだった。もしかしたら、彼女にほのかな憧れのようなものを感じていたのかもしれない。

あんまり足繁く訪ねては悪い……という気持ちもあったが、私はその家の居心地の良さが好きだった。行けばいつでも歓迎され、いろいろと可愛がってもらえるのだ。住宅そのものも新築で、バラックをいくらかマシにしただけのような私の家とは、比べ物にならなかった。

子供だから仕方がないと思ってもらえれば幸いだが、彼の家での大きな楽しみは『お三時』だった。

要は三時のおやつだが、私はその言葉こそ知っていたものの、本当に食べている家庭をそれまで見たことはなかった。しかも出てくるお菓子が、どれも珍しくて値段の高そうなものばかりなのだ。あまりの厚遇に私が手を出しかねていると、子供が遠慮なんてするんじゃないの……と、お母さんに叱られたりもした。

おやつの時間は、おしゃべりの時間でもあった。

それまでどんな遊びをしていても、それを中断して応接室に呼び集められ、そこでゆっくりお菓子を食べるのだ。その時は必ずお姉さんもやって来て、私たちの話に加わった。

おいしいお菓子がもらえるというのを抜きにしても、私はその時間が好きだった。必ずお姉さんに会えたからだ。

ある時、近くにお母さんがいなかったのをいいことに、私たちは怖い話で盛り上がったことがある。その頃は今みたいな怪しげな都市伝説もあまりなかったので、もっぱらドラキュラやフランケンシュタインなどの怪物の話が中心だった。

私はふと思い出して『鉄橋人間』の話を聞かせた。その時はまだ私も、それが兄の創作だとは思っていなかった。

「ミッちゃん、その話、本当？」

話を聞き終ったマサヒロは、目をきらきらさせて私に尋ねた。

「じゃあ、駅の横の大きい高架にもいるのかな」

「やっぱりおるんやないかな」

「よし、じゃあ今度、見に行ってみようぜ」

子供がその手の話に弱いことは、昔も今も変わらない。私とマサヒロはどんどん盛り上がって、次の土曜日の午後に見に行く計画まで立てた。

「よしなさいよ、マサヒロもミッちゃんも」

私たちの話を聞いていたお姉さんが、口を挟んできた。

「その鉄橋人間って、見たら悪いことがあるんでしょ」

その口調はどこか怒っているようにも、怖がっているようにも聞こえた。

「それにその怪物、一人ぼっちで何だか可哀想じゃない」

その言葉は、話の流れから出てきたものでしかなかった。けれど私には、その一言が大きな意味を持った。そういう風な感じ方があることに、私自身も気づいていなかったからだ。

なるほど確かに——孤独な鉄橋人間は、恐れるよりもむしろ哀れむべき存在だ。

「そんなこと言って、姉ちゃん、本当は怖いんだろう」

マサヒロがからかうような口調で言った。

「怖くないわよ、そんなの」

お姉さんがそう言って胸を張った時、突然応接室のドアが開いた。お母さんが牛乳のお代わりを持ってきてくれたのだ。お盆で両手が塞がっていたので肩で軽くぶつかって扉を開けたのだが、そのせいで普通よりもかなり大きな音がした。

その瞬間、お姉さんが飛び上がりそうなほどに驚いて、隣りにいた私に抱きついてきた。

「どうしたの？」

きょとんとした顔でお母さんが言い、私たちは大きな声で笑った。マサヒロは私とお姉さんがお似合いだと冷やかし、お姉さんは顔を赤くして弟をぶつ真似をしていた。

このひと時は今でも子供の頃の楽しかった記憶として、私の中で輝きを放っている。だからこそ――その後の出来事は、私を徹底的に打ちのめしたのだ。


それは、七月の初め頃だったのではないかと思う。

いつものように学校で遊ぶ約束をして、その日も私はマサヒロの家に行った。やけに暑い日で、町全体が強い太陽に炙《あぶ》られているように思えた。私は炎天下の中を、サンダル履きでマサヒロの家に向かった。その頃は二階建て以上の高い建物はあまりなかったので、歩いていく途中に新世界の通天閣がよく見えた。

いつものように家にたどり着き、私は呼び出しブザーを押した。思えば、そんなものがついている家も、当時は圧倒的に珍しかった。家の玄関前には水がまいてあり、コンクリートの匂いがあたりに立ち込めていた。

しばらくして、マサヒロは顔を出したが――まるで今の今まで叱られていたかのように、その表情は妙に曇っていた。

「ごめんな、ミッちゃん。ちょっと遊べなくなっちゃった」

「あぁ、何か用事ができたんか。せやったら、しょうがないな。また明日、遊ぼ」

「いや、明日も遊べないんだ」

「明日も用事、あるんか？」

　その時、家の奥からお姉さんが出てきた。そのきれいな顔の眉間に皺を寄せていて、あからさまに怒っているようだった。挨拶をしようと私が口を開きかけた瞬間、お姉さんは苛立った口調で言った。

「弟を困らせないで。あんたと遊んでると、私たちまでバカにされるんだから……もう、家に来たりしないでよ」

　保育園の頃に私と手を繋ぐのを拒絶した子の表情に、その顔は恐ろしいほど似ていた。数日前まで私をミッちゃんと呼んでくれていたお姉さんに、冷たい口調で『あんた』と呼ばれたことがショックだった。

「ごめんなさい」

　私は謝った。

　なぜだかわからないけれど、深々と頭を下げた。

「ごめんなさい」

　そこに買い物にでも行っていたらしいお母さんが、外から帰って来た。ちらりと私と目が合ったが、お母さんは何も言わなかった。ほんの一瞬だけ、しょうがないなぁ……と言いたげな表情を浮かべたかと思うと、次の瞬間には、ごく普通の声で「ただいま」と言って、家の中に入って行った。お母さんは、私が見えなかったことにしたらしかった。

「ごめんな、ミッちゃん」

そう言いながら、マサヒロは静かに玄関の扉を閉めた。

きっと私のような立場の人間の存在を、マサヒロの家族は本当に知らなかったのだろう。けれど誰かが教えたに違いない。あの子と付き合っていたらロクなことになりはしないと、誰かが——。

つまりマサヒロとその家族は、三ヶ月あまりで地域に馴染んでしまった……ということだ。

けれど私は、彼らを責めようとは思わない。

誰だって面倒に巻き込まれるのはイヤだし、付き合う人間を選びたいと思う。とりあえず中間の位置にいたいと思う人の心を、責めたり怒ったりできるほどの傲慢な強さは、私は今も昔も持ち合わせていない。ただ、自分が——普通でいたいと思う人にとっては、切り捨てられる存在であることが悲しかった。

私には、友だちがいなくなった。

もちろん、家の近所には同じ立場の子供がいたけれど、彼らはとっくにグループを作っていて、今さら私が入る隙間がなかった。時には兄たちの遊びに入れてもらったりもしたが、年の離れた彼らの遊びは、どれも私にはついていけないものばかりで、すぐに落ちこぼれてしまった。

誰にも記憶があると思うが、小学校の頃の一日は長いものだ。学校が午前中で終わる日などは、夕方までたっぷりと時間がある。友だちと遊んだりすれば、あっという間に過ぎていくのかもしれないが、孤独に過ごすには長い時間だ。

私は外を歩き回るしかなかった。

電車で二つ近く離れた町まで歩いて行き、たまたまそこの公園で出会った子供たちと遊んだりもした。けれど時には楽しく遊べても、その子供たちを友だちと考えるのは無理があった。次の日に同じ公園に出かけても彼らがいるとは限らないし、たとえいたとしても、再び遊びに入れてもらえるかどうかはわからないからだ。

まるで私は旅人のような子供だった。

3

ミワさんに会った時のことを話そう。

ミワという名前は、どういう字を書くのかはわからない。もっとも初めに思いつくのは美和という字だけれど、初めて会った時、美しい羽――つまり美羽だと言っていたような気もする。だが、もしかすると、それは私の頭の中で作られた記憶である可能性も否定できない。ミワさんの記憶と美しい羽根を持つ蝶々は、私の中では切っても切れないものだからだ。

だから、ここではミワさんとしておこうと思う。

ミワさんと初めて会ったのは、私が小学二年の秋――十月の半ばを過ぎた、ある水曜日のことだった。場所は、大阪市営のM霊園だ。

その市営霊園は地元ではA野墓地とも呼ばれていて、町中にあるにもかかわらず広大だった。きれいな長方形をしているのだが、縦二百メートル、横は四百から五百メートルはあったと思う。道路に面した方は金網で囲まれ、住宅街に面した方はブロック塀で囲まれていた。

私はその日も、行く先を決めずに歩き回っていた。両親は共働きだったので家にいてもよかったのだが、雨でもないのに閉じこもっているのはイヤだった。日光と風を求めるのは、きっと子供の本能なのだろう。

そこを訪れたのは、まったくの偶然だった。何となく、あまり行ったことがない場所を目指そうと歩いているうち、その横の道にたどり着いたのだ。

そこは私がそれまで見た中で、もっとも広い墓地だった。

金網越しに見ているうちに、何となく入ってみたくなって、私は中に足を踏み入れた。『鉄橋人間』さえ怖がる臆病な私がなぜ……と思われるかもしれないが、実際にそこを見たら、誰もが一度は中を覗いてみたいと思うことだろう。その日は天気もよく、まだ日が高かったせいもある。

中に入ると大小さまざまな墓が、ミニチュアの未来都市のように整然と並んでいた。正確な数はわからないが、子供だった私の目には、それこそ果てなく墓が続いているように思えた。大阪の下町は建物の距離が近くて、どこかぎっしりした印象を受けるものだが、それに習ったかのように高密度だった。

その墓地の広大さに、幼かった私は驚かざるをえなかった。にぎやかな通天閣界隈から歩いて来られる場所に、そんな『死者の国』があるとは思ってもみなかったからだ。そんなにもたくさんの墓も見たことがなかったし、静かな住宅街に隣り合った場所にあるということも不思議だった。

後になって知ったことであるが、A野墓地は、もともとはミナミの千日前にあった墓（今は賑やかなあの場所も、昔は刑場だったそうだ）を明治時代にそこに移したのが始まりだそうで、確かに墓碑を見れば、ずいぶん古いものもあったと思う。

私は探検するような気持ちで、その墓地の中を歩いた。

樹木の類はほとんどなく、ただ供えられた花だけが、その灰色の空間に色を与えていた。墓の形もいろいろで、習字の時に磨る墨をそのまま大きくしたようなものが圧倒的に多かったが、妙に尖ったロケットのような形のものや、お神輿《みこし》のような屋根のついたものもあった。また、貧富の差は死んでからもあるらしく、狭いところに小さな墓がひしめき合っている場所もあれば、その墓が二十個近くは並べられそうなスペースを、たった一つの墓が独占している場所もあった。

突き当たりには金網で囲まれた大きな碑がいくつかあり、その中の一つは警察の墓だった。殉職した人や偉い地位にいた人が入る場所らしいが、詳しいことはわからない。

その並びに妙に細長い碑があり、『無縁仏』と彫り込まれていた。けれど、まだ幼かった私には、その言葉の意味がよくわからなかった。

「ねぇ」

その碑を見上げている時、突然後ろから誰かに肩を叩かれた。それも様子を見るような優しい叩き方ではなく、痛く感じる一歩手前くらいの強さだったので、私はそれこそ飛びあがりそうなほど驚いた。

「あらあら、びっくりさしちゃったね。ごめんごめん」

振り向くと高校生くらいの女の人が、にこやかな笑いを浮かべて立っていた。

白いブラウスにほんのり薄い桜色のカーディガンを羽織り、紺色のスカートを穿いていた。肩より長いくらいの髪を二つに分け、それぞれを三つ編みにしている。顔はよく日に焼けていて、健康的な印象があった。

「お兄ちゃん、その大きいお墓は何だかわかる?」

まるで前から私を知っているような口ぶりで、女の人は話しかけてきた。私は碑を見上げながら、首をかしげた。

「それは無縁仏って言って、死んでも、どこの誰かわからない人たちのお墓なんよ」

女の人は、まるでガイドするような口ぶりで言った。言葉には関西訛りがあったが、私のような地元民には耳障りな、中途半端なものであった。どこか地方から来た人が、覚え始めた関西弁を無理に使っている……というのが、ありありとわかる。

「でも、『むえん』やなんて、ひどい言い方やと思わん？　この世に生まれて、誰とも縁のない人なんか、おるわけないやんか。もっと他の言い方、ないんかな」

「それは……そうですね」

私は少し緊張していた。なぜならその女の人は、当時人気を集めていた髪の長い若手女性歌手にそっくりだったからだ。編んだ髪を解いてミニのワンピースを着せれば、区別がつかないのではないかと思えるほどに。

「お墓参りに来たの？」

女の人はカーディガンのポケットに手を入れて、どこか照れたような口調で尋ねてきた。

「いや、そういうわけやないんですけど」

私は返事に困った。本当に、ただ何となく足を踏み入れてみただけだったからだ。

「何となくです」

「そう……立ち話も何やから、そこに坐らん？」

無縁仏の碑の脇にあるベンチに、私は言われるままに腰を降ろした。女の人も、すぐ隣りに坐った。

「お兄ちゃん、可愛い顔しとるね。何年生？」

「二年生」

「へぇ、大きいんやね。四年生くらいかと思った……飴食べる？」

女の人はスカートのポケットから大粒の丸い飴を取り出し、私に一つくれた。飴は彼女の体温で、ほのかに温かかった。

「お姉さんはお墓参りですか？」

「いや、うちも違うけど……なんか、ここにいると落ち着くねん」

そう言って女の人は、私の顔を見てニッコリと笑った。

「そう言えば、さっきはゴメンね。お兄ちゃん、すごくビックリしてたわ」

「そりゃあ、お墓で急に肩叩かれたら、誰だって驚きますよ」

その瞬間、たぶん自分はみっともない声の一つもあげていただろう――そう思うと、私は何とも恥ずかしかった。そういう気持ちは、たとえ小学二年生でもちゃんとあるものだ。

「実はお兄ちゃんの後ろ姿が、私の弟にソックリやったんよ。だから、思わず……」

「あぁ、そうなんですか」

「そ。だから、カンニンな」

女の人は関西弁で言ったが、やはりそれは地元の人間には耳障りなアクセントだった。

その後、彼女がミワという名前であること、高校生ではなくて、近くの喫茶店のようなお店で働いていることを私は教えられた。私は自分がミチオという名前で、兄が一人いることを教えた。

「ふうん、ミチオくんか……じゃあ、ミッちゃんって呼んでいい？」

ミワさんの言葉に私は、ふと寂しい気分になった。私をミッちゃんと呼んでいたのは、マサヒロとそのお姉さんだけだったからだ。

「ええよ。友だちも、そう呼んどるし」

次第に緊張が解けてきた私は、ごく普通の口調に切り替えて答えた。

「じゃあミッちゃん、学校の話してよ」

「学校の話？」

「そう……今日学校であったこととか、友だちのこととか」

なぜ、そんな話を聞きたがるのか、その真意が私にはわからなかった。けれどミワさんの大きな目が期待に満ちていて、断わるのが悪い気もした。

正直に言うと、私は困っていたのだ——マサヒロと遊ばなくなってから、私にとって学校はまったく楽しい場所ではなくなっていたのだから。

苛《いじ》められていたわけでもないし、話し相手がまったくいなかったわけではない。こちらから声をかければ、ごく普通に話してくれるクラスメイトもいるにはいた。だからきっと表面的には、私が孤立しているようには見えなかっただろう。

けれど実際の私は孤独だった。どこにも居場所などないような気がして、教室にいるのが苦痛だった。あの頃の私は、まさしく『鉄橋人間』の心持ちだったのだ。

今なら、それを理由に不登校になっていてもおかしくないかもしれない。ただあの頃には、あからさまな病気でもないのに学校を休むという発想がなかった。多少のことがあっても学校にだけは行かなくてはならない……と大人も子供も考えていたから、私も登校だけはしていたのだ。

だからミワさんに尋ねられても、私には話してあげられることがなかった。クラスで起こった出来事の話をしたところで、そこに私はいないのだ。

「クラスに面白い子とか、いない?」

「ああ、いるよ。リョウスケくんっていってね……」

私は楽しいことを言って、いつもみんなを笑わせているクラスメイトの話をした。彼は同じ保育園の出身で、例の一件のこともよく知っていた。そのせいか小学校で同じクラスになっても、ほとんど会話らしいものをしていなかった。

けれどミワさんに話しているうちに——私はなぜか、彼と親しい友だちの役割を自分がしているように事実を作り変えてしまっていた。それはなぜかはわからない。その方が話が早いと思ったのか、それとも、本当に自分がそうなりたかったのか。

「その子も面白いけど、ミッちゃんも面白いね」

私の話を楽しそうに聞きながら、ミワさんは言った。そう言われたのが嬉しくて、私は次から次へと学校の話を続けた。横で見ていただけの出来事を、さも自分が体験したかのように。

やがて、西の空に夕焼けが出た。

「そろそろ夕方だから、ミッちゃんは帰らないと」

いつのまにか夢中で話していた私に、ミワさんは言った。これでこのお姉さんともお別れか……と思うと、少し寂しい気持ちになった。

「ミッちゃんの話、すごく面白いわ。また聞かせてな」

その後、ミワさんは、私が一番欲しかったものをくれたのだ。

「また来週の水曜日も、ここでお話しせえへん？」

私はわずかに躊躇することもなく、うなずいた。その頃の私が一番欲しかったものは――また遊ぼうという約束。

4

それから私は毎週水曜日に、その霊園でミワさんと顔を合わせるようになった。

初めはただ話しているだけだったが、そのうちに広大な霊園の中でかくれんぼをしたり、鬼ごっこをしたりするようになった。今、この霊園の中のあちこちに監視カメラがついているが、それはもしかしたら、私とミワさんのような不届き者のせいなのかもしれない。

考えてみれば、あの頃の私は、なぜ不思議に思わなかったのだろう――いかに子供好きだとしても、小学二年生の少年と、わざわざ約束してまで遊んでくれる十八歳（そう、ミワさんは十八歳なのだ）の女性がいることに。

幼かったせいか、その頃の私には、そこまで思いめぐらす知恵はなかった。ただ別の部分で、奇妙な感覚を持ってはいたのである。

ミワさんは、帰るところをけして私に見せなかったのだ。

水曜日の午後、学校が終わってすぐに市営霊園に行くと、ミワさんはたいてい先に来ていて、いつもの無縁仏の碑の横のベンチに腰掛けて私を待っていた。それから三時間近く私の学校の話を聞いたり、いろんな遊びをした後、夕焼けが出る頃に帰るように言った。そして霊園の入り口の前で、私たちは別れるのだが——ミワさんはいつも、そこでじっと私が帰るのを見送っているのだ。

私は何度となく振り返ったが、ミワさんはそのたびに手をあげて合図した。けれど、そこから動こうとする気配はなかった。ただじっと、私の姿が見えなくなるまで見送ってくれるのだ。

（いったい、家はどこなんだろう）

出会った時に、すぐ近所に住んでいるとは聞いていた。けれど、具体的な町名などは教えてくれなかった。それとも、何か秘密にしなければならないことでもあるのだろうか。

（もしかしたら……）

人間ではないのかも知れない、と私は思った。いささか突飛に聞こえるかもしれないが、子供にとっては当たり前の発想なのだ。

もしかすると、あの広大な墓地のどこかに、ミワという名前の十八歳の女性の墓があるのではないか。あるいは、あの無縁仏の碑の下に——。

けれど、たとえそうだとしても、私には何の問題もなかった。あの頃の私は、たとえ『鉄橋人間』とでも友だちになれただろう。むしろ彼らの方が、きっと私に近かったはずだ。

けれど実物のミワさんを見ると、そんな夢想は吹き飛んだ。

彼女はいつも元気で生命力にあふれ、表情は生き生きとしていた。大きな目をくりくりさせて私の話を聞き、よく笑った。

その顔を見ていると、私はとても幸福な気持ちになった。たとえ彼女がどこの誰だろうと、どうでもいいことだ——そう思った私は、彼女の身の上をほとんど尋ねなかった。まるで『鶴の恩がえし』のように、その実体を知った瞬間に会えなくなるくらいなら、何も知りたくはなかったのだ。

ある日、私とミワさんは、広い霊園の中でかくれんぼをした。しばらく遊んだ後、いつものように無縁仏の碑の前のベンチに腰を下ろし、一休みしていた。

「チョコレート、食べる？」

そう言いながらミワさんは、手に提げていた小さなバッグから、やたらに分厚い板チョコを取り出した。後にそれはアメリカのハーシーチョコレートだと知るのだが、その頃は海外のお菓子など見る機会がなく、私にはとても巨大に見えた。

「でっかいチョコやな」

「昨日、人からもらったんよ。ミッちゃんに食べさしたろ思って」

相変わらずミワさんの関西弁は奇妙なアクセントだった。

包み紙を剝くと、ミワさんは何の躊躇もなく、チョコレートを真ん中から二つに折った。その時、「えいっ」と声をかけたのが、何とも可愛らしかった。

「今日は、いい天気やね」

ベンチに腰掛け、つっかけを履いた足を意味なくピョコピョコ動かしながら、ミワさんは言った。確かにその言葉通り、十一月とは思えないほどの日差しの暖かさだった。

「学校、どんな風？」

いつものように、ミワさんが尋ねてきた。

「楽しいよ。そう言えば、この間ね……」

私は学校であった出来事を、いつものようにミワさんに話した。

あるクラスメイトが給食の時間におかしい話をしていて、牛乳を噴いてしまったという他愛のない話だ。もちろん実際の私は、その出来事にまったく関わっていない。けれど話の中では、そのグループの中心にいたことになっている。

「ふふふ、ミッちゃんの学校って、面白い子ばっかりなんやな」

そうとは知らず、ミワさんは私の話を楽しそうに聞いていた。私に後ろめたさがまったくないかと言うと、けしてそんなことはなかったが――話しているうちに、実際に自分がそんな楽しい毎日を送っているような気がして、不思議と心が弾むものも感じるのだった。

ふと、その時――視野の端を、ひらひらと舞う白いものが掠《かす》めた。

「あっ、蝶々だ」

それは一匹のモンシロチョウであった（正しくは一頭と数えるらしいが、子供の頃から馴れた言い回しをすることを、お許しいただきたい）。小春日和の暖かさに誘われたかのように、いつもならんだ墓の上を飛んでいた。

「アホやな……春と勘違いしたんや」

私は思わず呟《つぶや》いた。

その頃、私はまだ人生のほんの入り口あたりにいたに違いないが、それでも冬の蝶を悲しく思う気持ちがあった。

イモムシがどれだけの時間をかけて蝶になるのかはよく知らなかったが、きっと自分たちの季節が来たと勘違いして、慌てて羽化してしまったに違いない。けれど、生まれたところで花もなく、仲間もいない。結局、彼らはたった一度きりの貴重な時間を棒に振ってしまったのだ。こんがらがった糸のような軌跡を描いて飛ぶ蝶々を見ながら、私はふと、自分もあんなものかもしれない……と思った。

自分には何の責任もないところで蔑まれる存在として生を受け、友だちもなく、毎日をつまらなく生きている――私は人目を避ける『鉄橋人間』であり、勘違いした冬の蝶だ。

「なんでアホやの？」

その時、ミワさんが不思議そうな顔で言った。

「だってアホやん。たった一回しか生まれて来れへんのに、春と勘違いして、こんな季節に生まれてもうて……そそっかしいにも、ほどがあるで」

私が答えるとミワさんは、人差し指で私のおでこをつつきながら言った。

「そそっかしいのは、ミッちゃんの方でしょ」

「え、何で？」

「あの蝶々は別に今、生まれて来たんじゃなくて、今まで生きてたんよ」

「そんなん嘘や」

「ほんまよ。春に生まれて、夏と秋を過ごして……今まで、ずっとどこかで生きとったんよ」

その言葉は、すぐには信じられなかった。

子供だった私は、蝶の弱さを知っていた。紙よりも薄い羽根、どんな昆虫よりも柔らかな体、繊細な触角――触れれば、すぐにでも壊れてしまいそうな華奢《きゃしゃ》な生き物だ。実際捕まえれば、すぐに死んでしまう。

「バカにしたらあかんで。蝶は案外、強いんや」

下手な関西弁で、ミワさんは言った。

「そういえば、私の生まれたところには、蝶々の木があるんよ」

「蝶々の木？」

私はふと、リンゴのように蝶が生《な》っている木を想像した。

「本当言うとね、蝶々がいっぱいとまってるんよ。森の中のあんまり人が来ないところに……何百何千の蝶が、一本の木にとまって冬を越すんよ。だから遠くから見たら、冬でも花が咲いてるみたいに見えるの」

「蝶が冬を越すの？」

「うちの生まれたところではね」

とてもすぐには信じられない話だった。あんなに弱い生き物が、冬を越すほど生きているなんて。

「ミワさんが生まれたところって、どこなの？」

私が何気なく尋ねると、ミワさんは、ほんの一瞬だけ顔を曇らせた。

「ずっとずっと南の方よ」

目の前をひらひらと飛ぶ蝶の姿を目で追いながら、ミワさんは答え――数秒の間をおいて、一言付け足した。

「もう帰れないけど」

5

冬を越す蝶の話を、私はなかなか信じる気になれなかった。私の中で、どうしても蝶は弱い生き物の代表選手なのだ。

あくる日、私は学校の職員室に行き、教師に尋ねてみた。担任である女性教師は首を傾《かし》げていたが、近くに坐っていた中年の男性教師が、感心したように口を挟んできた。彼は学級を受け持っていない、理科の専任教師だった。

「ミチオ、なかなか物知りやなぁ。そういう蝶々はホンマにおるよ」

教師は近くにあったメモ用紙にペンを走らせると、それを私にくれた。その紙には『リュウキュウアサギマダラ』という、何かの呪文のような蝶の名前が書いてあった。

「教えてやるのは簡単やけど、どうせなら自分で調べてみぃ。図書室に行けば、昆虫図鑑があるから」

放課後、私は喜び勇んで図書室に行った。そこで小学生用の昆虫図鑑を見て、本当にリュウキュウアサギマダラという蝶が、木にとまって越冬するのだということを知った。あまり鮮明ではなかったが写真も載っていて、それはミワさんの言葉通り、確かに『蝶の生る木』のようだった。

さらに学習に対する興味を膨らませるためか、その昆虫図鑑には、昆虫についての豆知識のようなコラムが載っていた。そこで私は『凍蝶《いてちょう》』という言葉を知ったのだ。寒くなる季節まで生きている蝶のことを言い、俳句などでは当たり前に使われている言葉なのだという。

『バカにしたらあかんで。蝶は案外、強いんや』

その言葉を知った時、ミワさんの声が耳元で聞こえたような気がした。弱いとばかり思っていた蝶が、実はたくましい生命力を持っていたことに、私は不思議な感激を覚えた。

マサヒロがクラスの友だちと一緒に図書室に入ってきたのは、ちょうどその時だった。その日は二、四、六年といった偶数学年への図書貸出日だったのだ。

あの七月の一件以来、私と彼の間には、どうしようもない溝ができてしまっていた。彼は私を無視し、私も彼と目を合わせるのが辛かった。自分の運命というものを思い知らされるように思えて、私の方から彼を避けていたようなところもあった。

図書室にいる私を見つけた時、マサヒロの顔がわずかに強張《こわば》ったような気がした。私は彼に気づかないふりで、すぐに図鑑に目を戻した。

ところが意外なことに——それから数分後に、マサヒロは連れの友だちから一人離れて、私に声をかけてきたのである。さすがに、ミッちゃんと呼んではくれなかったが。

「何見てんの」

私は戸惑いながら、本の表紙を見せた。

「昆虫図鑑」

「へえ……虫、好きなんだっけ」

それまで私は、特に昆虫が好きということもなかった。けれど、その時は確かに蝶が好きになっていた。だから声を出さずに、うなずいて見せた。

その後マサヒロは一緒にやって来た友だちに呼ばれ、図書室を出て行った。けれど私は、久しぶりに彼と会話ができたのが嬉しくてならなかった。

次の水曜日、私は再びミワさんに会った。

その日、ミワさんは私が大の苦手にしているジェリー・ビーンズというお菓子を持ってきていた。マカロニくらいの大きさで、ピンクやオレンジの極彩色をした砂糖菓子だ。これでもかと言わんばかりに甘くて、一粒食べただけで頭の芯がぼやけてくる。これと仏事がらみの行事の時に食べる落雁というお菓子が、私にとっては最大の鬼門だった。

「蝶の生る木、図鑑で見たよ」

もらった手前、食べないわけにも行かず、私はジェリー・ビーンズを前歯でちびちび齧《かじ》りながら言った。

「ほんまに？　そんな風に、ぱっと調べるところなんて大したもんやね」

相変わらず下手な関西弁で、ミワさんは褒めてくれた。

「リュウキュウ……アサギマダラっちゅう蝶々やろ。ずっと南の島におるねんな」

私がその島の名前を出すと、ミワさんはどこか観念したような口調で答えた。

「そこが、うちの生まれたとこやねん。今年の夏に大阪に出て来たんや……仕事しに」

「そうやったん」

思えばミワさんが自分のことを語るのは、これが最初で最後だった。

「ええとこやで、私の生まれたとこは」

それからミワさんは自分の故郷がどんなに美しく、すばらしい場所であるかを私に教えてくれた。私はその島の正確な位置さえ知らなかったが、彼女の言葉を聞く限り、この世の楽園のように思えた。

「何で、そんなええとこから出てきてしもうたの……ずっと住んどったら良かったのに」

「ほんまやね。うちも帰りたいわ」

私の言葉に、ミワさんはどこか寂しげな顔で答えた。前に会った時、もう故郷には帰れない……と呟いていたような気がする。

「前にちらりと言うたけど……うちには弟がおるのよ。今、小学四年生や。ミッちゃんみたいな可愛い顔した子やで」

初めてミワさんと会った時のことを、私は思い出した。私の後ろ姿があまりに弟に似ていたので、声をかけたのだと言っていた。

「実はその子、病気やねん。頭の中にデキモノができて……それを治すのに、いっぱいお金がかかるんや。だからお父ちゃん、人からたくさんお金を借りてね。うちも、それを返す手伝いをせなあかんっちゅうわけ」

辛い話をしているのに、ミワさんの顔はどこかあっけらかんとした口調だった。けれど、きっと無理をしていたのだろうと思う。

「でもミワさん、喫茶店で働いとるんやろ。喫茶店って、そんなに儲かる？」

「そうやなぁ……あんまり儲からんな。でも、うちはそこしか働く場所がないから」

私はウェイトレスの制服を着たミワさんの姿を想像した。きっとリカちゃん人形のように可愛いだろう。

「僕も、ミワさんのお店に行ってみたいわ」

私がそう言うと、ミワさんはぷっと噴き出した。

「そうやな……ミッちゃんも、大人になったらおいで」

「大人にならんと行っちゃいかんの？」

「うちのお店はコーヒー専門なんよ。ミルクもお砂糖も入れへんコーヒーが飲める人でないと、あかんのよ」

そう言ってミワさんは笑った。

6

こうして思い返してみると、ミワさんの思い出は少ない。

十月の半ばに出会い、十二月の初めには会えなくなってしまったのだから、結局、墓場で顔を合わせたのは七、八回——いや、もっと少ないかもしれない。

けれど人生には、五十年一緒にいるよりも、ずっと心に残る短い出会いもある。むしろ短いからこそ、その印象が深く鮮烈に心に刻まれるのかもしれない。

ミワさんと墓場で走り回った日々から、もう三十五年以上の歳月が流れている。けれど最後の日、泣きながら私を強く抱きしめた彼女の温もり、そしてその胸に押しつけられた耳に届いた彼女の鼓動を、きっと私は忘れない。

ミワさんとの墓地での楽しい時間は、何の予告もなく終わった。今言ったように、十二月の初めの出来事だった。

その日もやはり水曜日で、私は学校から戻るとランドセルを置いて、すぐにA野墓地に走っていった。その頃の私にとってはミワさんと過ごす時間だけが楽しみで、それを心待ちにして一週間を過ごしているようなところがあった。

いつもは必ず私より先に来ているミワさんだが、その日初めて、私の方が無縁仏の碑の前についた。私はこれで、ミワさんがどちらの方からやってくるのか確かめられる……と思った。

私は墓場の金網にへばりつくようにして、そのすぐ横を通っている道路を眺めていた。そこはA野筋と言って、ひっきりなしに車が行きかう幹線道路だった。のちにその筋に沿って高速道路が作られたが、行きかう車の数が大きく減ったように感じないのは、通天閣や動物園などの繁華街に繋がっていたからだろう。

やがて、その道路の向こうに、見馴れたミワさんの姿が見えた。

(やっぱり、幽霊やなかったんやな)

私は少しホッとした。もし自分の気づかないうちにミワさんが墓場の中に姿を現わしたら、ちょっと怖いなぁ……と思っていたからだ。

ミワさんは間違いなく、左手の奥まったところにある角から現われた。きっと家があの方向にあるのだろう。

私はミワさんが来るまで、ベンチに坐っておとなしく待つことにした。もしかすると自分がどちらの方角から来るのか、私に知られたくない……と思っているかもしれないからだ。

その日の私は駄菓子屋で買った、三枚十円のお煎餅の袋を持っていた。いつもお菓子をもらってばかりなのが心苦しくて、今日は私がご馳走しようと思ったのだ。三枚という数は半端だが、一枚は二つに割ればいい。

きっとミワさんは喜んでくれるだろうと、私がその紙袋を覗いていた時だ。突然私の鼻先に、何か柔らかいものが触った。

「うわっ」

私は思わず頭をのけぞらせて、その正体を見ようとした。ふらふらと動くそれに目の焦点を合わせることが、なかなかできなかった。

「あ、蝶々」

ようやく私は、それが一匹の蝶だと気づいた。そう――冬まで生きている凍蝶だ。

その蝶は、見る限りアゲハチョウに似ていた。だが黄色い部分が美しい青色で、それまでに見た記憶のないものだった。けれど私は特別、疑問を感じたりはしなかった。すべての蝶を知っているほど、私は蝶に詳しいわけではなかったから。

(蝶々はお墓が好きなのかな)

この場所で凍蝶を見るのは二度目だった。もしかすると、お墓に供えられている花に誘われてやってくるのかもしれない。

私はひらひらと舞う蝶の姿を、じっと目で追い続けた。ミワさんが来るまでいてくれよ……と思いながら。

やがてミワさんの姿が、墓地の入り口に見えた。すぐに私を見つけて、こちらに駆け寄ってくる。

「ミワさん、また蝶々だよ」

すぐ近くにやって来た彼女に、私は言った。

その瞬間、なぜかミワさんは凍りついたように動きを止めた。手に提げていた小さなバッグを落とし、中に入っていたマーブルチョコレートの筒が、ころころと転がり出てくるのを私は見た。きっと私にくれるつもりで、持ってきてくれたのだろう。

「どうしたん？」

私は声をかけたが、ミワさんは何も答えなかった。ただ、恐ろしいものを見るような目で、ひらひらと舞う蝶を見つめている。

「これ……蝶の木の蝶や」

やがて、どこか苦しげに、その言葉だけを絞り出した。

（これが……リュウキュウアサギマダラ？）

そんなはずはない。その蝶は暖かい南の島にしかいないはずで、まかり間違っても関西地方の大阪に飛んでくるはずはないのだ。

「まさか」

私もその蝶の姿に、目を凝《こ》らした。残念ながら、前に図鑑で見たリュウキュウアサギマダラがどんな姿をしていたか、はっきりとは覚えていなかった。

信じがたいことが起こったのは、この数秒後のことだ。

「……テツヤ」

その蝶に向かって、ミワさんがそう呼びかけた時——蝶の姿が空中でふっと消えてしまったのである。私たちの目の前で、まるで冬の弱い光に混ざり込んでしまったように。

「消えた？」

私は慌ててあたりを見回した。

蝶が飛ぶふらふらとした軌跡は、鳥や他の昆虫に狙われにくくするためだという知識を、私は例の昆虫図鑑から得ていた。だから人間の目がごまかされてしまうことも、有り得なくはあるまい。けれど、その姿が突然見えなくなって、まったく見つからなくなるということはないだろう。近くには紛れ込みそうな茂みも、林もないのに。

「ミッちゃん……たぶん今のは、弟のテツヤや」

呆然とした顔で、ミワさんは言った。

「あの子、言ってたもん……必ず病気を治して私に会いに来るって……もしダメな時は、蝶々になって、心だけでも会いに来るって」

それだけ言ったかと思うと、ミワさんは突然、声を放って泣き出した。恥じらいも遠慮もなく、まるで小さな子が泣くように大きな口を開けて。

「テツヤ……あんた、今死んだんやね。何で、もっとがんばらんかった」

私はどうしていいかわからなかった。

ただ、すぐ横にいてあげることしか思いつかなくて、おずおずと彼女の脇に立った。その私を、ミワさんは突然抱きしめた。

「テツヤぁ、テツヤぁ」

私の頭上に、ミワさんの涙が雨のように落ちてきた。私はただテツヤという弟のかわりに、じっとしているしかなかった。

（確かに、あの蝶々……消えた）

私は数秒前に見た光景を、何度も頭の中で繰り返した。目の前にいたはずの蝶が、空中で煙のように掻き消えたことだけは、確かな事実だった。

（本当に今のは、ミワさんの弟だったんやろうか）

そんなこと、私にわかるはずがなかった。ただ、ミワさんの泣き声を聞いているうちに私も悲しくなってきて、一緒に声を放って泣いた。その弟の顔さえ知らないのに。

7

その日を最後に、私がA野墓地でミワさんの姿を見ることはなくなった。水曜日に待っていても、二度と彼女がやってくることはなかったのだ。

本当に弟が亡くなっていて、葬儀のために故郷に帰ったのかもしれないし、あるいは何か別の事情で、来ることができなくなったのかもしれない——そう思った私は、二度の水曜を墓場で待ち潰した後、年の暮れが近くなった町を彼女の姿を探して歩いた。

自分が嫌われているわけではないことだけは理解していた。

「ありがとう……ミッちゃんは私の大事な友だちよ」

蜃気楼のような蝶を見た日、泣きやんだミワさんは何度もそう言って、私の頬に小さな口づけをしてくれたからだ。

その時、私はわずか七歳の少年でありながら、大それたことを考えたものだ——彼女を幸せにしたい、と。

だから、私がミワさんの姿を探し求めるのは、ごく当たり前なことだった。


彼女の姿を見つけたのは、A野墓地から程近い場所であった。

T新地と呼ばれる、いわゆる昔の赤線地帯——昔ながらの営業方法を今でもやっている珍しい場所として、好事家の間では有名な場所である。

そこには映画のセットのような小さな家が建ち並び、玄関の扉を開け放して、商品となる女性たちが置物のように坐らされている。彼女たちは寒い時でも素肌を晒して、やってくる客の関心を引こうと一生懸命に微笑を浮かべている。そのすぐ横に客引きの老婆が立って、店の前を歩いていく男たちに声をかけるのだ。

ミワさんの姿を求めて歩いていた時、私はその町の一角に迷い込んでしまった。

はるか昔は壁に囲まれて独立していたそうだが、今はごく普通の町の一部となっているので、誰でもその小路を通ることができるのだ。

A野墓場を見つけた時以上の驚きを、私はその通りを見た時に感じた。家から歩いて来られる場所に、こんな現実離れした光景があるとは思ってもみなかった。

もちろん、そこが何のための場所であるのか、その時は理解していなかった。わずか七歳の子供にわかるはずがない。ただ、それぞれの家の玄関先にはピンク色の電灯が用意されていて、その光が真昼の通りをうっすらと怪しく染めているのが、どこか恐ろしかった。ミワさんは、交番近くの小さな家の玄関に坐っていた。きれいにお化粧し、ピンクの光に照らされ、お人形のような笑みを浮かべて。

「ミワさん!」

その姿を見つけた時、私はあまりの嬉しさに、思わず彼女に駆け寄ってしまった。彼女は私の姿を認めると、それまでとは違った笑顔を浮かべてくれた。すぐ横に立っていた老婆が、眉を寄せて何度か手を動かした。今思えば、あれは〝あっちへ行け〟というサインだったのだろう。

その時、突然、誰かが私の腕を乱暴に引っ張った。私は思わず尻餅をつき、そのままアスファルトの上に転がされてしまった。

「こらっ、こんガキ、なに考えとんのや! 商売のジャマや!」

私が顔を上げた瞬間、卓球のラケットをそのまま分厚くしたような掌が私の頬を張った。見あげると、明らかにその筋の人間とわかる男が、鬼のような形相で私を見下ろしていた。

「ここは、お前みたいのが歩いとってええ場所やない。とっとと去《い》ねや」

私はよろよろと立ち上がった。きっと男は手加減してくれたに違いないが、それでも頭がくらくらし、耳鳴りがしていた。

「ミッちゃん」

中途半端にしか聞こえない耳にミワさんの声が響いた。毛布を頭からすっぽりかぶっているように、妙に遠かった。

「うち、きっとミッちゃんのこと、忘れへんから。だから、もうここに来たらあかん。ちゃんと勉強して、立派な人になって」

振り向くと、胸の形がはっきりわかるような薄い服を着せられたミワさんが、どこか私を哀れむような顔で叫んでいた。けれど、その姿は息を呑むほどにきれいで――。

(なんや、ミワさんも蝶々やってんな)

まだ振動が収まらない頭のすみで、私はぼんやりとそう思った。


その数日後に年が明けた。

ミワさんと会えなくなった代わりというわけではないだろうが、私には素敵なお年玉が届けられた。お正月の二日に、マサヒロが家に遊びに来てくれたのだ。

「ミッちゃん、ごめんな。俺、ひどいことしちゃって……」

夏の一件以来、私に近付かない方がいいと言う家族と、私を友だちと思いたい気持ちの板ばさみで、彼もまた苦しんでいたらしかった。

「そんなん、人がナニ言おうが関係ないわ。ミッちゃん、もういっぺん友だちになってくれへんか」

そう言いながら右手を差し出した彼の顔を、私は今でも忘れることができない。

「大阪弁、ちょっとうまくなってるやん」

そう言って私は、マサヒロと握手した。その時以来、今日まで彼は私の親友であり続けている。

ミワさんがその後どうなったのか、残念ながら私には調べる手立てがない。

彼女の忠告通り、私は大きくなるまで、その小路には近づかなかった。ようやく殴られない程度に成長してから、何軒かの店先で尋ねたりもしたが、誰も彼女を知らなかった。考えてみれば、ミワという名前も本当のものかどうかさえ、私にはわからない。

けれど、きっと今もどこかで元気でやっているのではないかと思う。彼女自身も言っていたように、蝶は案外、強いのだ。

彼女のことを思い出すたび、私は夢想する。

人の目が届かぬ世間の片隅——たとえば鉄橋の裏側などに潜んでいるのは、きっと孤独で哀れな妖怪ではない。

きっとそこには何百何千何万の蝶たちが、そっと眠っているはずだ。輝きに満ちた、新しい季節を待つために。

初出
「トカビの夜」オール讀物二〇〇三年十一月号
「妖精生物」オール讀物二〇〇四年七月号
「摩訶不思議」オール讀物二〇〇四年四月号
「花まんま」オール讀物二〇〇四年十一月号
「送りん婆」オール讀物二〇〇五年一月号
「凍蝶」書き下ろし

朱川湊人

一九六三年、大阪府生まれ。

慶応義塾大学文学部卒。

出版社勤務を経て、二〇〇二年、「フクロウ男」で第四十一回オール讀物推理小説新人賞を受賞。

翌二〇〇三年には「白い部屋で月の歌を」で第十回日本ホラー小説大賞短編賞を受賞。

初の著作となった『都市伝説セピア』は直木賞候補となり、注目を集める。

他の著作に、『さよならの空』がある。

花《はな》まんま

二〇〇五年四月二十五日　第一刷発行
二〇〇五年七月二十日　第三刷発行

著　者　朱川湊人《しゅかわみなと》
発行者　白幡光明
発行所　株式会社　文藝春秋
〒102-8008　東京都千代田区紀尾井町三—二三
電話　〇三—三二六五—一二一一
印刷所　凸版印刷
製本所　加藤製本

ISBN4-16-323840-9

文藝春秋の本

反自殺クラブ
池袋ウエストゲートパークV

石田衣良

風俗の世界に蹂躙された少女、悪質な集団自殺サイトの魔の手……ブクロのトラブルシューター・マコトが今日も事件解決に奔走！

十四番目の月

海月ルイ

京都で起きた二歳の幼女誘拐事件。御池のシャングリラホテルで二千万円の身代金は消えた。果たして犯人はどうやって金を奪ったのか

とっぱくれ

浜田文人

高度成長直前の昭和、神戸——。退路を断って、極道組織に飛び込んだ村上義一は、自分の力だけで組織内でのしあがろうとするが……

孫文の女

西木正明

明治後期、滞日した革命家の孫文には、愛した日本人女性がいた。他に、日露戦争に関わった日本人娼婦を描く「アイアイの眼」など

ニッポン泥棒　大沢在昌

世界各国の諜報機関のデータを盗み出した末に作られた未来予測ソフトが完成。それを解凍する鍵を握らされた男女に魔の手が迫る

オレたちバブル入行組　池井戸潤

崩壊した銀行不倒神話。給料は下がり、ポストも減り、逆境にさらされるバブル入行組の男たちの意地と挑戦を鮮やかに描く長篇小説

TVJ　五十嵐貴久

テレビ局本社が入るお台場の高層ビルが正体不明の武装ゲリラに乗っ取られ、局員が人質に。結婚間近のOLが恋人を救わんと大活躍

瑠《る》璃《り》の契《ちぎ》り　旗師・冬狐堂　北森鴻

騙しあいと駆けひきの骨董業界を生き抜く旗師・陶子を襲う眼病。付け入ろうとわけありの品を持ち込む同業者に立ち向かう陶子だが

空中ブランコ　奥田英朗

ジャンプがうまくいかないサーカス団の団員、尖端恐怖症のヤクザ……。精神科医伊良部のもとには今日もおかしな患者たちが訪れる

特別室の夜　伊野上裕伸

看護師の理恵は湘南老荘病院の特別室で療養する個性的な人々に翻弄される毎日。やがて病院の患者の受け入れ方に疑問を感じていく

ユニット　佐々木譲

少年に妻子を殺された男。夫の家庭内暴力に苦しむ女。ひょんなことから同じ職場で働くことになった二人は、共に立ち直りを目指す

クライマーズ・ハイ　横山秀夫

一九八五年、御巣鷹山の日航機事故で運命を翻弄された地元新聞記者たちの悲喜交々。上司と部下、親子など人間関係を鋭く描く力作

文藝春秋の本

都市伝説セピア

朱川　湊人

文藝春秋の本

〝都市伝説〟に憑かれ、自らその主人公になろうとする男の狂気を描いた「フクロウ男」など、病む心の妖しさ哀しさを描くホラー短篇集